「あちこちビクビクさせて、本当に可愛いね」
「ん、ふううっ、！　あっ、やっ、んぁああっ……」
乳首をそっと転がされ、たまらない快感が走る。　　（本文より）

魔女の血族　淫《いん》蕩《とう》な贄《にえ》

HANA NISHINO

西野　花

Illustration

笠井あゆみ

SLASH
B-BOY NOVELS

この物語はフィクションであり、実際の人物・
団体・事件等とは、一切関係ありません。

CONTENTS

魔女の血族
淫蕩《いんとう》な贄《にえ》

目の前に立つ廃病院は、外壁が剝《は》げ落ち、そこからの汚れが不気味な印象を漂わせている。荒れ放題の敷地には好き勝手に草が生え、そこかしこにゴミが捨てられていた。肝試しの名目でここにやってきた輩《やから》が捨てていったものだろう。

「いかにも、という感じじゃないか」

蔦《つた》の這《は》う壁を見つめ、浅葱祥平《あさぎしょうへい》はそんなふうに言った。

その場にそぐわない暢気《のんき》な声を放つ男は三十代半ば、すらりとした長身と、ラフなスーツの上からでもわかる均整のとれた肉体を持っていた。男らしく整った端整な顔立ちには、どこかおもしろがるような表情が浮かんでいる。

「俺も聞いたことがあります。ここ、けっこう有名な心霊スポットですよね」

神妙に答える宇市司《ういちつかさ》は、浅葱が教鞭をとる大学の学生である。そのシルエットは浅葱と並ぶと線の細さが感じられる。綺麗な顔の中の双眸《そうぼう》は深い青色をしていた。目の前の廃病院を見る表情には真剣な色があるが、怖がっているような色は見られない。

「ほう、どんな?」

「……手術室に血まみれのナースが出るとか、手脚のない患者がさまよっているとか」

「まるでB級ホラーだな」

浅葱は苦笑しながら首を振る。

「司はどう思う？　何か感じられるか？」

「よくないものの気配はします。この間のものとよく似ている。おそらく、この世界のものじゃない」

司は『魔女』の血を引いている。それも、一番最初に認識された『原初の魔女』だ。司は浅葱に抱かれたことによってその力を目覚めさせ、修練を重ねて能力を安定させていった。

「協会の仕事はつまらないものだが、君の演習にはなる」

遥《はる》か昔から存在していた、魔女の保護と研究を目的とする『協会』。浅葱はそこの『司祭』である。

先日のセイレムの魔女との一件から、司の魔女としての力は飛躍的に向上した。発火能力や予知の力などを持ち、安定もしてきている。

「ただの思念の残り滓《かす》なら放置でいい。もし異界からの干渉が見られる場合は対処する。いいね？」

「はい」

少し不安そうに頷《うなず》く司の肩に、浅葱が手を置いた。

「君はもう一人前以上になっている。心配することはないよ。僕もついている」

「…はい」

司は浅葱を振り返り、小さく笑う。その青い瞳には信頼の色が浮かんでいた。これまでの経験からわかっている。浅葱は摑《つか》み所のない男だが、司に嘘はつかない。彼が出来るといったら出来るのだ。

「では行こうか」

浅葱は先に立って廃病院に入っていく。玄関を抜けると、雑然としたホールがあった。このあたりは荒らされた形跡がある。物見遊山でやってきた者達の仕業だろう。元は白かっただろう壁に、スプレーで落書きがしてあった。

「ここじゃないですね。二階です」

浅葱はかろうじて見える壁の案内板を見上げた。二階の表示の中に『手術室』と書いてあるのが確認できる。

「あながちデタラメでもないということか」

先ほど安っぽいホラーだと揶揄《やゆ》したことを言っているのだ。司は浅葱と共に階段を上がる。二階もまた、人が踏み荒らした跡があった。だが司はあることに気づく。埃《ほこり》がいくつもの足跡の形になっているのは、廊下の途中までだ。その奥には手術室があるはずだが、ある地点から先へは人が通った形跡がない。

「ここから先へは、行けないんだ」

司がぽつりと呟《つぶや》いた。怪異が起こるという手術室。その深部を前にして、ここに来た者達は足を止めてしまう。どうしてもここから先へは進めない。

司は浅葱をちらりと横目で見た。彼はその口元に曖昧な笑みを浮かべ暗闇の先を見つめている。彼にはおよそ恐怖という感情がないように思える。司はこういった存在に慣れるまでずいぶん時間がかかった。ただ見えるだけのものが怖くて怖くて泣いていた。

「……あの向こうです」

「そのようだね」

司はその境界線の向こうへと足を踏み入れた。その瞬間、空気がねっとりと重く身体にまとわりつく。まるで泥の中を進んでいるようだった。

観音開きの手術室のドアは半分が壊れて落ちている。真っ暗な闇の向こうは、ほぼ異界と化していた。すえた臭いが鼻につき、司は思わず顔をしかめる。

「これは、ただの死者の残り滓ではないね」

「ええ」

手術室に入ると、目の前に異様な光景があった。

空間が歪んでいる。粒子の荒い画面がいっぱいに広がったような中で、人型のものがゆっくりと徘徊《はいかい》していた。人体のあるべきところが欠けたようなモノが床を這いずり回り、その中に血に染まった看護師が立っている。司の背に緊張が走った。

「もう方法はわかるね？」

「でも、建物を焼くわけには」

「大丈夫。僕が概念化する」

浅葱の手が肩に触れる。その瞬間、触れられたところから冷ややかな心地よい感覚が流れ込んできた。彼が持つ能力は不思議だった。司をサポートし、その力を適切なものへと変化させていく。

『ウア……ア』

白衣を血で染めた看護師がこちらを向く、開いた口の中は真っ黒で、瘴気《しょうき》のようなものがそこから吐き出された。敵意の籠もった目が睨《にら》んでくる。これはいわゆる幽霊の類いではない。その暗黒は異界へと繋《つな》がっている。

「連綿と続く魔女の血によって力を喚《よ》ぶ。異界へ帰れ――、焼けろ」

司の口から短い詠唱が発せられた。次の瞬間に血染めの看護師が火柱と化し、甲高い咆哮《ほうこう》があたりに響く。血まみれの看護師だったものは表面が焼け落ちるように小さな翼と短く捻《ねじ》れた角を持つ矮軀《わいく》へと変わる。それと同時に、その周りにいた欠けた者達も一斉に燃え出した。

「――――っ」

その異様な光景に司は息を呑《の》む。だが肩に乗っている浅葱の手の感触に勇気をもらって、必死に力を振るった。

結果的に言えば、魔女として成長した司の前には、目の前の異形《いぎょう》はあっけなく崩れた。炭のように炭化した残骸は崩れ、熱風に舞い上がるようにして消えていく。炎が消えた後には、元の静寂と、荒れ果てた手術室の様子だけが広がっていた。

そして炎の熱さは確かに感じるというのに、炎が這っていた床も壁も、焦げ跡ひとつ残っていない。

「……っ」

司ははあっ、と息をついた。たいした力は使っていないが、気疲れが大きい。

「よく出来たね。呪文を詠唱すると、効率的に力を使えるだろう?」

「これでよかったんですか?」

「完璧だよ。さすがは僕の魔女だ」

そのまま後ろから抱きすくめられる。浅葱から教わったいくつかの呪文を初めて使ってみたが、自分で思った以上に思い通りに力を出せた。彼は『協会』の『司祭』だ。司は彼の手によって魔女として成長していく。そうすることを、司自身が決めた。

「それにしても、こんなに短期間で使いこなせるとは僕も思っていなかったよ。とても興奮した」

「……っ、先生」

首筋に唇を押し当てられ、司は思わず身じろいだ。

「こんなところで……」

異形は消失したとはいえ、こんな薄気味の悪い廃墟ですることではない。司が身じろぎすると、浅葱はあっさりと腕を離した。

「そうだね。長居は無用だ」

彼は司の肩を抱いたまま出口へ歩く。

「早く帰って、熱いシャワーでも浴びよう。ご褒美はそれからだ」

ご褒美、という言葉に思わずどきりとした。それを期待してしまっている自分が恥ずかしくなる。

司は浅葱とは恋人の関係にあった。突然君は魔女だと告げられ、半ば無理やり犯されて快楽を教えられ、憎んでもおかしくないはずなのに、司は彼に惹《ひ》かれることをやめられなかった。浅葱は強引で、ある意味偏執狂で、ひどく風変わりな男だが、悪魔的な魅力がある。彼に激しく狂おしく求められると、司はどうしても拒めないのだ。だから自分もまた彼を愛していると認めるまでには、そうかからなかったと思う。

司の本性は淫蕩《いんとう》な魔女。浅葱に抱かれる度に、そのことを思い知らされてしまう。

廃墟を出て車に乗る。助手席に乗った車が動き出した時、司は背後を振り返った。

主を失った廃墟が白っぽい月明かりに照らされ、もはやただ壊れゆく存在としてそこに在るだけだった。


浅葱のマンションに戻り風呂に入る。たっぷりと湯を張ったバスタブに身体を沈めて手脚を伸ばすと、心地よさに包まれた。清めのハーブが調合されているというバスソルトはいい香りがする。

ゆっくり温まると、司はバスタオルを羽織って浴室を出た。寝室のドアを開けた時、いきなり腕を引っ張られて驚く間もなくベッドへと組み伏せられた。

「あっ…！」

「待ち兼ねたよ。どこまで僕を焦らすんだ？ ……ああ、いい匂いだ」

「ちょっ、先生っ……！　ゆっくり入っておいでって言ったのは先生じゃないですか」

「そうだったかな？」

「そうですよ……。忘れたんですか？」

浅葱は先に入ったので、バスローブ姿だった。合わせ目の隙間からよく鍛えられた胸筋が見える。その雄の色香に、司はゆっくりと息を呑んだ。

「忘れたよ」

「んんぅ…っ」

口づけられ、言葉を奪われて、司は深く舌を絡められる。こんなふうに浅葱はとても気まぐれで、司はいつも振り回されてばかりだ。

けれど、彼は本当のところでは司の意志に従うつもりでいるのも知っている。

「…っん、先生……っ」

敏感な口腔の粘膜を舐《な》め上げられ、吸われると、身体中に鳥肌が立ちそうになった。愉悦が身体の中でゆっくりと広がり、興奮が育っていく。

「んっ、んっ」

上顎《うわあご》の裏をくすぐられると、鼻から甘い呻《うめ》きが漏《も》れた。脚の間にずくりと快感が走って、思わず腰を浮かす。反応し始めた自分のそれを、浅葱の身体に擦《こす》りつけてしまった。

「もう、こんなにして」

「ああっ…」

司は最近とみに自分の本性を思い知らされる。魔女としての自分は、快楽が好きで、羞恥《しゅうち》に晒《さら》されるのも好きで、虐《はずかし》められるのも好きなのだ。

バスタオルを剝ぎ取られ、欲情した身体が浅葱の前に晒される。恥ずかしさに司は両腕で自分の顔を覆った。

「そこに腕を置いていいのかい？」

笑いを含んだ浅葱の声が聞こえる。彼は司の露《あら》わになった胸の突起のひとつに舌を這わせてきた。

「っ、ああっ」

敏感な性感帯のひとつである乳首が、浅葱の舌先で転がされ、押し潰される。たちまち甘い毒のような痺《しび》れが込み上げてきて、身体中へと広がっていった。

「ふ、あ、あ…んんっ」

浅葱の舌は突起を弾くように責めて、薄桃色をした乳暈《にゅううん》をねっとりと舐めていく。司はたまらずに顔の両脇のシーツを握った。感じやすい乳首はたちまち尖って、浅葱の舌に心地よい弾力を返すようになる。

「っ、うっ、あ――…っ、そこ…っ」

乳首だけで司はいつもこんなふうになってしまう。浅葱に抱かれると理性は熔《と》け崩れ、淫《みだ》らな興奮に包まれて、もっともっとと快楽をねだってしまう。恥ずかしいと思うのに止められない。むしろその羞恥が昂《たか》ぶりに手を貸していた。

ちゅう、ちゅうと音を立てて乳首を吸われ、もう片方も指先でくりくりと弄《いじ》り回される。そうされると司は泣くような声を上げて仰《の》け反《ぞ》ってしまうのだ。

「あんっ…ぁ、あっ、あっ！」

「司のここは、相変わらず可愛いね。こんな小さなところが一生懸命僕に応えてくれる」

舌先で弾かれたり、指先でひっかくようにされる度に、そこからじゅわじゅわと快感が広がっていく。腰の奥に直結するその刺激で、司の肉茎はすっかり勃《た》ち上がって愛液を滴らせていた。

「ここもこんなに濡《ぬ》らして…。後でたっぷり可愛がってあげるから待っていなさい」

後でじゃ嫌だ。今、して欲しい。

「せ、せんせい…っ」

そんな期待を込めて浅葱を呼ぶが、彼は知らんぷりだ。今の司の状態など、浅葱にはきっと手に取るようにわかっている。さっきのように腰を上げて無意識に彼の身体に股間を擦りつけようとするが、浅葱はわざとそれを避けている。そういった状態で乳首ばかりを責められ、司は何度も背中を反らせて切ない鳴き声を上げた。今やぷっくりと膨らんだ乳首に優しく歯を立てられた瞬間、司は嬌声《きょうせい》を上げて軽く達してしまう。

「あ、ふ、あぁ――〜〜…っ」

触れられていないはずの股間にまで快感が走り、腰ががくがくと震えた。中途半端な絶頂が身体を駆け巡るのがもどかしくてならない。

「……今、軽くイったのかな?」

「……っ」

「司?」

浅葱の舌先がぺろりと乳首を舐めた。びくんっ、と上体が跳ねる。ここでちゃんと答えなくてはならない。そうでないと、彼はいつまでも許してくれない。

「は、い、イき、まし、た……っ」

卑猥《ひわい》な言葉を口にすることで、興奮が増す。司はこんな時、自分の淫蕩さを思い知らされるのだ。だがそれは嫌なことではなかった。浅葱にならば何をされてもいい。

「いい子だ」

浅葱は慈愛すら籠もった表情を浮かべた。それから司の両脚を大きく開き、恥ずかしい場所を露わにする。

「ご褒美をあげると言っていたね」

「あ、あ…っ」

これから味わうであろう快楽への期待に腰がひくひくと震えた。それを見て浅葱が微笑む。

「いやらしいね。可愛いよ」

もう快楽を我慢できない司を、浅葱はそんなふうに言った。腰の奥がきゅうきゅうと疼《うず》く。

「ああ、あ——〜っ」

浅葱に股間の肉茎を口に咥《くわ》えられた。ぬるぬると蠢《うごめ》く舌に全体を舐めしゃぶられ、ゆっくりと吸われる。欲しかったところに強烈な快感を与えられて、司は一気に昇りつめようとした。

「あっ、ああっ！」

だが浅葱の指に根元を押さえつけられ、達することを許されない。司はイけないいまさらに口淫で責められた。

「ここが好きだろう？」

「はぁあっ、あっ、くうぅ〜っ」

根元から裏筋を重点的に舐め上げられ、腰が抜けそうになる。意地悪なことをされているのに、甘苦しい快感は司が最も悦《よろこ》ぶことだった。浅葱は本当に『ご褒美』を与えてくれているのだ。

「ああっ先生っ、そん、なっ…！」

「どんどん濡れてきたよ。泣いているみたいだ」

先端から溢《あふ》れる愛液を啜《すす》られ、くびれのあたりをちろちろと舌先でくすぐられる。そうしてまた口中に咥えられて吸われて、司は啼泣《ていきゅう》した。

「あ、あ――…っ、ああぁあんう…っ！」

頭の中が真っ白に染まり、いやらしいことしか考えられなくなる。

「き、気持ちいい……っ」

何度も背を浮かせて、シーツを握りしめる。自分の肉茎が熱い舌に絡みつかれて吸われる快楽に淫らな言葉が漏れた。身体の芯が引き抜かれそうな感覚がする。足の指先がすべて開き切り、ひくひくと悶《もだ》えていた。

「ああっ、そんな、吸われるとっ……」

内股の震えが止まらない。舌先で先端を抉《えぐ》られると、脳髄まで焦げつきそうな快感に襲われた。

「あっ、あっ！　いくっ、もう、イくうぅ……っ！」

司はイかせて欲しいと浅葱に哀願する。だがそんな司の願いなど、彼にはどこ吹く風のようだった。

「駄目だよ。ご褒美だと言ったろう？」

「んぁあっ、も、もうっ、いいからっ…！」

「もう少しして欲しいだろう？」

違う。もうイかせて欲しいのに。そう思いながら苦悶する司だったが、浅葱の言うことが正しいとも思っていた。こんなふうに虐められることを肉体が悦んでいる。唇で締めつけられ、浅葱の頭がゆっくりと上下すると、司は大きく背を反らし、蕩けるような喘《あえ》ぎを漏らした。

「あ、ふ…っぁあっ、い、いい…っ」

腰から下が自分のものではないみたいだった。身体が浮き上がってしまいそうな恍惚《こうこつ》感に包まれる。それからたっぷりと口淫は続き、今度こそもう許してくれと司が哀願した時、ようやっと根元の拘束が緩められる。

「いいよ。思い切り出してごらん」

「んっ、んっ、あっ！」

腰骨が灼《や》けるような感覚。大きい絶頂が押し寄せる予感に全身がわななないた。

「っ、ア、あああぁ……っ！」

腰から背中へと強烈な愉悦が駆け抜ける。司はがくがくと腰を震わせ、浅葱の口の中に白蜜を放った。彼はそれをためらいもなく飲み下す。

「——っ、んう、あううう……っ」

すべて出せとばかりに吸われて、きつい刺激に悶えた。口の端から唾液が溢れて零《こぼ》れる。けれどそれすらも気づかない。どうにか思考が戻ってきた時には、司はぐったりと身体を投げ出していた。

「……ああ…」

熱い息が漏れる。そんな司に、浅葱は軽く口づけた。

「可愛かったよ。気持ちよかったかい？」

はあ、はあと息を乱したまま浅葱を見上げる。いくらか髪を乱した浅葱が目の奥の欲望を隠そうともせずに司を見下ろしていた。そんな彼を見ると、司の中でもどうしようもなく情欲が昂ぶっていくのを感じる。力の入らない両腕を伸ばすと、彼はそれを引き上げて抱きしめてくれた。

「先生……」

「好きだよ、司」

浅葱の手が司の背筋を撫で下ろし、双丘へ伸びていく。司は恥ずかしさを堪《こら》えて浅葱に訴えてみた。

「俺も、先生の……舐めていいですか」

浅葱はちょっと驚いた顔をする。こんなことを自分で言ったのは初めてだった。だが、浅葱の股間で聳《そび》え立つ偉容を目にして、どうしようもなくしたいと思ってしまったのだ。

「出来るかい？」

「大丈夫、です」

司は手を伸ばし、指先でそっと浅葱のそれに触れる。

（熱くて、どくどくしてる）

これがいつも自分を犯して、快楽を与えてくれるものだと思うとひどくどきどきした。何かに突き動かれるように、司は身を屈《かが》めてそれに口づける。

「んぐ…」

先端を口に含み、もっと奥に咥えていくと、すぐに口中がいっぱいになった。とても全部を入れるのは無理そうだ。こんなものを体内に挿《い》れていたのか。

浅葱がしてくれたことを思い出して舌を動かしていく。頭の上に彼の長いため息が降ってきて、快楽を得てくれているのだと思うと嬉しくなった。

「……司」

「んん…？」

喉《のど》の奥に咥えたまま、司は返事をする。

「体勢を変えないか」

「……え」

彼のものから口を離して顔を上げると、浅葱は優しく笑って司を見下ろしていた。

「君の下半身を僕に向けてくれ」

浅葱の言う通りに姿勢を変える。すると、彼の顔を逆向きに跨《また》ぐような体勢になってしまった。

彼の顔の上で、司の開かれた股間が露わになる。ひどく恥ずかしい格好だった。

「せん、せい、この格好っ……！」

「続けていいよ」

促されたので、司は仕方なくまた彼のものを咥える。最初は体勢が気になっていたものの、浅葱の男根は圧倒的で、喉の奥を開かれる感覚に下腹が疼いてしまった。

「ん、ん…んっ…」

彼の怒張で口の中の粘膜を擦られる度にじんわりとした快感が生まれる。恍惚となり始めた時、司はびくん、と下肢を震わせた。

「…っ、んっ、あっ…!?」

浅葱が司の尻を両手で押し開き、そこに舌を這わせている。何度もねっとりと舐め上げられて、ずくん、とした快感が媚肉《びにく》に走った。

「ああっ、だ、めっ、そん、な…っ」

そんなことをされては、行為に集中できない。必死で目の前のものに舌を這わせようとするも、ただ咥えているだけで、司の口はものの役に立たなかった。その間にも浅葱は巧みな愛戯で司を追いつめる。中に唾液を押し込むようにされると、肉洞が甘く痺れるようだった。

「んあぁっ、あっ、あ〜っ」

「可愛く縦に割れてるね。僕がたくさん可愛がったからかな」

「あんっ、んっ、せんせい、以外に、いなっ…、っあ」

男のものを受け入れていると、後ろがそういう形になるのだと聞いたことがある。もう何度浅葱のものを挿入されただろう。司はその度に我を忘れるほどの快楽に溺《おぼ》れ、数え切れないほどの絶頂に追い上げられた。

「当然だ。君は僕の魔女なのだから」

「ああっ、やっ、あんっ、し、舌、入れなっ…っ」

柔らかくなった肉環をこじ開けられる。必死で閉じようとしているのに、少し入り口をくすぐられるともう駄目だった。そこは柔らかく蕩《とろ》けて、浅葱の舌の侵入を許してしまう。

「あ、あっ、あうう、あぁぁあ……っ」

力が抜けて、上体ががくりと崩れる。もう口淫どころではなくて、ただ彼のものを握っているだけだった。

「君の中は綺麗な、いやらしい色だ」

内部の媚肉がめくれて、珊瑚色の壁が露わになる。優しく丁寧に濡らされると下肢が痺れるよ

うな快感に包まれた。自分の後ろからくちゅくちゅと卑猥な音が聞こえてきて、恥ずかしくてたまらない。浅葱の視界にどんな光景が映っているのか考えただけで身体が吹き飛びそうだった。

「う、うっ……あぁっ」

「どうしたのかな？　手も口も止まっているようだけど」

「ああ、やっ、意地悪…しないでっ……」

「意地悪なんかしていない。可愛がっているんだ」

舌で蕩かされ、ひくひくと蠢く肉環に浅葱の指が挿入された。その瞬間、司はびくびくっと身体を震わせて達してしまう。

「あ…っ、あぁ――…っ」

肉茎の先端から放たれた白蜜が、浅葱の胸元にパタタッと落ちる。彼はそれに構わず司の中を指でまさぐり続けた。達している間も構わず感じさせられ続けて息も絶え絶えになる。そして浅葱の指の腹にひどく弱い場所を押し上げられて、腹の中が熔けそうになった。

「ああ、やぁあぁ…っ、そこ、やあ…っ」

「嘘はよくないな。司はここも好きだろう？　いつも僕のものでここを擦られて、気持ちいいって悦んでいるじゃないか」

浅葱の言う通りだった。貪欲な司の中には特に感じてしまう場所がいくつかあって、浅葱の太いものでそれらを擦られ、抉られると、あられもなくよがり泣いてしまう。

もはや口淫どころではなかった。司は浅葱のものを握りしめたまま彼の足に上体を伏せ、ひいひいと喘いでいた。

「司…、君に中途半端に刺激されてもどかしいんだが、挿れていいかな?」

中途半端になってしまったのは自分のせいなのに浅葱はそんなことを言う。けれど司に反論する気力はもう残ってはいなかった。

「は…い…っ、いれ、てえ…っ」

司自身も、もう指では物足りなくなっている。早く彼の逞《たくま》しいもので奥まで貫いて欲しかった。

浅葱が上体を起こし、司の腰を後ろから抱き抱える。ひっきりなしに収縮する肉環に男根の先端を押しつけられ、ああ…と熱い息が漏れた。

「こっちの口のほうが上手に食べているね」

「あ、ア、あ…っ!」

思い知らせるように、浅葱はゆっくりと自身を司の中に埋めていく。腰から背中にかけてぞくぞくっ、と快楽の波が舐め上げていった。感じる粘膜をずずっと擦られると、全身が総毛立ちそうにわななく。

「君が感じると、この痣《あざ》も濃くなるみたいだ」

魔女の証《あかし》である、星形の痣。尻に刻まれたそれを浅葱の指先がそっとなぞる。

「ふぁぁあ…っ」

そこに触れられると、ぞくぞくと震えが走るほど感じてしまう。この痣を浮かび上がらせたのは浅葱だ。司は魔女の血を引いてはいたが、彼が司を魔女にした。淫蕩な本性を持つという魔女に。

「中がきゅうきゅうと締まってくるよ……。一生懸命で、いじらしいね」

熱い吐息まじりの浅葱の声。彼はずぶずぶと自身を挿れてしまうと、おもむろにずうん、と突き上げた。

「んぅうあっ」

腹の中が痺れるような快感が生まれて広がる。その波が収まらないうちに二度三度と続けて穿《うが》たれ、司は忘我したように切羽詰まった声を上げた。

「ああ、はあっ、あ、やっ、んんっあっ、あんんぅぅう～っ」

太いものが司の肉洞を出入りしてまんべんなく擦り上げてくる。ただ入っているだけでも内壁がじんじんして感じてしまうのに、容赦なく抽送されてはたまったものではない。浅葱によってじっくりと快楽を教え込まれた後ろは、男のものをいっぱいに咥え込まされてどうにかなりそうなほどの快感に苛《さいな》まれるのだ。

「ああ～…っ、せん、せい、い、いぃ……っ」

「気持ちいいかい？」

頭の中がぼうっとする。もういやらしいことしか考えられない。

「き、きもち、いっ…、あっ奥っ、おく、を、そんな、ふうに、されたらっ……」

「司の大好きなところを、今日もたくさん可愛がってあげるよ」

「――んんあぁあっ！」

どちゅん、と奥のほうを突かれて、頭の中が白く濁った。腹の中が甘く痺れるような快感に口の端から唾液が零れる。きっと今自分はとてつもなくいやらしい顔をしていることだろう。何度抱かれても恥ずかしいことには変わりないのに、こうして快楽を与えられるとぐずぐずに蕩けてしまう。淫蕩な司の本質。

浅葱は両手で司の尻を鷲掴《わしづか》みながら容赦なく腰を使ってくる。浅く深く、早く遅く。快感に慣れさせないその責めに、司はよがり泣いた。

「あっああ――～っ、あっ、はっ、ああっんっ…んん～っ」

浅葱に抉られる場所がたまらない。そうされると少しも我慢できなくて、司は簡単に極めてしまう。

「んあっあっ！　ああぁあ、イくううぅ…っ！」

伏せた全身ががくがくと震えた。身体中を絶頂の快楽に侵される。指先までもがじんじんと疼いた。だが、中にいる浅葱が射精した気配はない。いつもそうだ。彼が司の中で果てる間に、司は二度三度とイかされてしまう。

「ふ…っ、ふうう……っ」

どうにかして呼吸を整えようとしているのに、肉洞の中で彼のものがゆるゆると動く。イったばかりのそこを擦られるのはたまらなかった。思わず腰をヒクつかせて中の男根を味わうと、浅葱が短く息を詰める気配が聞こえる。次の瞬間、後ろから両の手首を摑まれて強く引かれた。

「ああっ!?」

司の上半身が浅葱によって持ち上げられる。繋がっている場所のみを起点とした不安定な体勢だ。だが浅葱は構わず、その状態で突き上げてくる。

「ひっ! んぁっ、はああっ」

ぱちゅん、ぱちゅん、と肉を打つ音が響いた。ずりゅずりゅと激しく中を擦られ、強烈な快感が脳天まで貫いてくる。

「ああああっ、ああっ!」

「悶えてごらん、もっと。もっと感じるままに振る舞うんだ」

これ以上――? と、司は沸騰する意識の中で思った。もう充分すぎるほどに痴態を晒しているというのに、浅葱は今以上を望むというのか。

「あっ、そん、なっ、あう、ああっ、そこっ、い、いい……っ！」

奥の弱い場所に男根の先端が当たるのが我慢できなくて、司は髪を振り乱して喘いだ。突き上げられる毎に脚の間の肉茎がふるふると揺れ、濡れた先端から愛液が滴り落ちる。

「本当の君は、まだこんなものじゃないはずだ。さあ――」

息を弾ませながら浅葱が囁《ささや》いた。彼のものが体内でさらに大きく、どくどくと脈打っている。

本当の俺？　それは魔女としての俺？　それとも――。

（ああ、もうわからない）

過ぎる快楽に思考が混濁する。意識と身体の奥で生まれるものがひとつに溶け合って、何もわからなくなる。

「あっ、ああっ」

先生のが、くる。

「つ、かさっ……！」

内奥で浅葱の熱い飛沫が弾け、媚肉をしとどに濡らす。その感覚にひどく感じてしまって、司はまた絶頂に放り投げられた。背中を限界まで反らし、快楽の悲鳴が喉から迸《ほとばし》る。

「ああ、んぁあぁぁああ……っ」

勃起した肉茎から噴き上がった白蜜がシーツを濡らした。

「……っ」

繋がったままどさりとベッドに倒れ込んで、荒い息を繰り返す。共に果てる瞬間は何よりも至福のはずだった。

けれど、なんだろう。

頭の奥のほうで、チクリとした違和感のようなものを感じる。もしかしたらそれは何かが始まる予感めいたものなのかもしれなかったが、司は今はそれを見たくなくて、全身を浸す気だるさに自分の支配権を委ねた。

「先日の廃病院の件、聞いたよ。見事な手際だったそうじゃないか」

部屋は白っぽく、どこか無機質な感じがした。魔女の研究と保護を目的としているという名目を掲げた協会のオフィスは、都心から少し外れた住宅街の一画にある。司と浅葱が通う大学からは電車で一本のところだった。

白いテーブルに白い椅子。それらはぴかぴかにされていて、使用感がほとんどない。そして向かいに座る男もまたぱりっと糊《のり》のきいた白衣を着ていた。

「宇市君の力はいよいよ本物だ。これなら本格的に依頼をしてよさそうだ」

「吉川《よしかわ》」

司の隣に座っていた浅葱が、男の名を呼ぶ。彼はどことなく不機嫌そうに見えた。

「彼を試したというのか。僕が育てたというのに？」

「浅葱司祭の場合は、多分に私情が混ざっているからね。こちらも確かめずにはいられなかったんだよ」

吉川という男は、棘《とげ》のある浅葱の言葉にも悪びれることなく答える。言われた浅葱はつまらなさそうにそっぽを向いた。こんな彼は珍しい。司はどこかいたたまれなくなって肩を竦めた。

「宇市君に、次の依頼を頼みたい」

「さっそく彼を利用しようというのか」

「司祭だって宇市君の力を見たいだろう？　それに、これは人助けでもある。怪異が勃発している場所は異界に繋がりやすい。先日の場所も、もう少しで穴が開くところだった」

あそこにいた異形は司の炎によって焼き尽くされ、消滅した。そして浅葱が不思議な力で司の炎を概念化し、建物は焦げ目ひとつつかなかった。

そう言えば、浅葱のあの力はなんだろう。魔女の力とは少し違うような感じがする。

「次に君達に頼みたいのは、ここだ」

吉川がノートパソコンのモニターに外観の画像を出す。それを見て司は瞠目《どうもく》した。

「ここは……」

「まだ記憶に新しいだろう。セイレムの魔女達の血族が起こした事件の場所だよ」

数ヶ月前、浅葱と司はある事件に巻き込まれた。過去にアメリカのセイレムで起こった魔女裁判。その時の生き残りの子孫である魔女の雪春《ゆきはる》が、世界に復讐しようとして起こした事件だった。

彼は何も知らない若者達を取り込み、その生命力を糧として異界から悪魔と呼ばれる存在を喚び出そうとしていた。そして司の持つ魔女の力を利用しようと画策した。

結果的に彼らの復讐は、浅葱と司によって打ち破られることとなる。だがその時、異界から悪魔がこちら側へと出て来ようとした。それを司が炎で焼き、異界へ帰したというのが事件のあらましだ。

「この場所は一度異界へと繋がった。その時残存した瘴気が留まり、悪い気を集めてしまっている」

「それは俺がちゃんと出来なかったからですか」

「そうじゃない」

浅葱がすぐさま否定した。

「一度異界へ繋がった空間は、どうしても弱ってしまうんだ。脆弱になった場所にはそこにつけ込んでくる輩が多数いる。もともとここは不特定多数の人を集め、人の恐怖や欲望、下世話な好奇心などで満ちていた。それもすべて異界から悪魔という存在を召喚するためのもの。この国ふうに言えば、『穢《けが》れ』というのがそうだよ」

司は雪春達がこの場所で行っていたことを思い出した。彼は人の意識に干渉し、集わせた若者に不埒《ふらち》な行為をさせていたのだ。

「俺の力が、その穢れに役立つんですか」

「実際、そうだったろう？」

浅葱が言ったのは廃病院での一件だった。あの場所で司は見事に異形を退治した。

「君は魔女として飛躍的な成長を遂げている」

「私も司祭に同意見だよ」

頷いた吉川に、浅葱は胡乱《うろん》な目を向けた。吉川は構わずに続ける。この組織にいる人は、皆浅葱みたいに他人の反応に無頓着なのだろうかとふと思った。

「続けてで悪いが、この案件を受けてくれるかい」

「俺は構いません」

場数を踏むことは、すなわち自身の成長に繋がるだろう。司は魔女として力をつけると決めたのだ。だが浅葱は相変わらず不機嫌そうだった。

「そんな顔をしないでくれたまえ、浅葱司祭」

吉川は言った。

「これは、君の目的を叶えるためのものになるかもしれないんだからね」

「この場でその話はよしてもらおうか」

浅葱の眉間《みけん》に皺《しわ》が寄る。司は困惑した。彼はいつも悠然としていて、余裕に満ちているように見えた。怒った顔など、ほとんど見たことがなかったというのに。

（先生の目的？）

彼の目的は、司を魔女として育てあげること。

司自身もずっとそう思っていた。だが他にもあるということだろうか。いったいそれは？

けれど、浅葱の今の表情を見ていると、司にはそれを尋ねる勇気は出なかった。


協会からの帰り道、司は車を運転する浅葱の横顔をちらりと盗み見た。彼は何事もなかったかのようにハンドルを握っている。空の端がオレンジ色に染まって、もう少しすると仕事を終えた人達が行き交い、道路は混雑し始めるだろう。

「先生」

「うん？」

司の呼びかけに答える浅葱の声には、不機嫌そうな響きは感じられなかった。

「さっき、どうして怒っていたんですか？」

「僕が？」

「吉川さんという人に対して、なんだか不機嫌そうでした」

「司を駒のように扱われるのがおもしろくなかっただけだよ」

彼は目線を前方に向けたままで言う。その口調はいつもの浅葱のものだった。

「君は君自身のがんばりでここまで成長した。それをいいことに協会は、ここぞとばかりに案件に狩り出そうとしてくる。あまりに調子がよすぎるだろう」

「……先生の目的って、なんですか」

さっき吉川が言ったことだ。司が成長することは、浅葱の目的に近づくと言っていた。司はこれまで、彼は純粋に司が魔女として強くなることを喜んでくれているのだと思っていた。浅葱は魔女という存在に、並々ならぬ執着を抱いている。もちろん、司が司自身であるから好いてくれているのだと言ってくれたけれど。

出会った頃からそうだったが、浅葱はいつもミステリアスだった。自分は彼のことをどのくらい知っているのだろうか。

「僕の目的は、君を魔女として立派に成長させて、僕の側にいてもらうことだよ。それは最初から変わっていない」

「……はい」

改めて聞かされ、司は少し嬉しくなる。こんなに簡単に絆《ほだ》されてしまっていいのだろうか。なんだか誤魔化されているようにも感じる。

(仕方ないか)

彼に振り回されるのは今に始まったことではない。それに彼が自分に対し決して悪いようにはしないだろうという信頼もあった。浅葱は最終的には司の決断に従うと以前言ってくれたのだ。必要であれば話してくれるだろう。

司の中には、それでも残るほんの僅《わず》かな違和感があった。研ぎ澄まされた魔女の直感というやつだ。それでも司は目を瞑《つむ》る。彼のことが好きだからだ。

二度目の案件は、それから一週間後に行われた。司は浅葱と共に、久しぶりに件《くだん》のビルの前に立つ。上階を見上げた司は眉を顰《ひそ》めた。

「先生、これは……」

「ああ。僕にもわかるよ」

ここは以前、雪春達が学生達を巻き込んで復讐の準備をしていた場所だ。彼らは若者達の最も強い感情、欲望を搾取し、異界から悪魔を喚び出そうとしていた。そして司はそれを自身の力で追い返し、どうにか事なきを得たのだ。

（あの時とは違っている……。けど、それよりもよくない）

雪春によって精神を操作された若者が自堕落な行為に耽《ふけ》っていたビルの一室は確かに歪んだ気に満ちていたが、こんなふうに建物の外からでもわかるほどではなかった。

「先日の廃病院よりもひどいです」

「そうだね」

司の言葉に浅葱が同意する。

「少々危険が伴うかもしれない」

そんなふうに言われて、司の背が強張った。今度ははたして、前のようにうまく出来るだろうか。

「大丈夫だよ」

司の緊張が伝わったのか、肩に浅葱の手が置かれた。

「君はきっとうまく出来る。負けやしないさ」

「はい」

浅葱がそう言うのなら、大丈夫なのだと思った。心を決めてビルの中に入る。以前来た時も空室の目立つビルだったが、今はほぼ何も入っていないのだろうか。階段で上のほうに行く毎に、それは顕著になっていった。

「ここですね」

雪春達が儀式を繰り返していた場所。そのフロアに足を踏み入れた途端、これまで感じたことのない空気に包まれた。全身がぞわりと総毛立つ。

「！」

「司、気をつけるんだ」

浅葱も気づいたようで、そっと手首に手が添えられた。

「この空間だけ異界化している」

異界化。それはあちらの世界が完全に浸食してきたということだ。異様な気配を感じてふと視線を向けると、壁の一部が渦《うず》を巻いていた。そこだけ景色が歪んでいる。そうして、そこから出て来たものは――――。

「……っ」

危うく上げそうになった悲鳴を呑み込む。巨大な蜘蛛のようなモノがそこからぬっ、と現れてきた。毛だらけの八本の足で床をひっかくように歩く。その中心にあるものは、人の頭と同じ形をしていた。男か女かもわからないどこかのっぺりとしたそれは無表情にこちらを見る。司は嫌悪感を押し殺し、体内に力を巡らせた。

「理《ことわり》を知らぬ者よ、生まれし汚泥へと帰れ。原初の魔女が掃討する！」

短い詠唱と共に、司の身体から炎が噴き出す。それは捻れた槍《やり》のように異形へと真っ直ぐに突き進んでいった。

「ア・ア・ア・ア」

異形の口が開く。真っ暗な虚のようなそれに、司の炎が吸い込まれていった。

「奴が食い切れないほどの炎を放つんだ！」

「はい！」

体内で力を練る。加減しなくてもいいのなら、いっそそのほうが都合がいい。司の中で魔力の炉が爆《は》ぜる。一瞬身体の周りで溜めた炎が、さきほどよりも大きな勢いで異形に向かっていった。

「アア――――！」

炎がまた食われる。だが司は力の放出をやめない。肩に浅葱の手を感じる。彼は司の力を増幅してくれているはずだ。

（まだ――――、まだだ！）

体内から振り切るように炎を異形にぶつける。異形の胴体の部分が熱せられたように赤く染まっていった。司の火で内側から焼かれている。もう少しだ。

「燃えつきて――消えろ！」

駄目押しで放った炎は、異形には食い切れなかったらしい。風船のように膨らんだ胴体が弾けて、そこから炎が燃え広がった。それと同時に黒い煤《すす》が舞い上がる。空気中を漂うそれを、司は吸い込んでしまった。

「う……くっ」

これまで出したことのない力を放出したせいか、煤のせいか、膝が力を失う。がくりと床に崩れた身体を浅葱が支えてくれた。

「大丈夫か」

「っ…、はい、少し、吸い込んで……」

「外に出よう。ここはもう大丈夫だ」

見ると、異形はその姿を保つことが出来なくなっている。司の放った炎で焦げつき、輪郭を失って燃え尽きようとしていた。どうにか出来た。司は苦しい息の下でそう思った。安堵がどっと肩にのしかかってくる。

咳《せ》き込む司を抱え、浅葱は外に連れ出してくれた。非常用の外階段に出て思い切り息を吸い込む。何度か深呼吸を繰り返しているとずいぶんと楽になった。その間、浅葱はずっと背中をさすっていてくれた。

「ありがとうございます。もう、大丈夫です」

「瘴気を吸い込んだんだ。どこかおかしいところは？」

そう言われて司は自分の中を精査してみる。どこにも異常はないと思う。おそらく。

「多分、大丈夫と……思います。先生は？」

「僕も問題ないよ」

浅葱は司を支えながら、外階段をゆっくりと降り始めた。

「やはり強い穢れが残っていたようだね」

「ええ。あんなのは初めてでした。……異界って、本当にあるんですね」

司は今更のように実感する。子供の頃からこの世ならざるものの存在は感知していたが、魔女として目覚めてから時折目にするものは、司の理解を超えていた。この世界と隣り合わせの世界が確かにある。そこは自分たちの理がいっさい通用しない、まったく異なる世界なのだ。

「君のような魔女がいるのだから、それはあるだろうね」

もうすぐ一階に着く。呼吸はすっかり元通りになっていた。

「魔女は、向こうの世界とこちらを繋ぐものだよ。だから尊い。それは他の誰にも出来ないことだからね」

「――――」

その浅葱の一言に、司の神経はほんの僅かな違和感を覚えた。

なんだろう。いつもの先生とは、どこか違うようだ。彼は相変わらず司という魔女の信奉者で、その存在を褒め称えることなど息をするように繰り返していたというのに。

そう、まるで、司を通して何かを見ているような。

「さて。報告は後日でいいだろう。送っていこう、司」

「あ——、はい」

前回の廃病院の時は、そのまま一緒に彼のマンションの部屋に帰り、蕩けるほどに熱く抱かれた。期待していなかったと言えば嘘になるが、今日は送り届けると告げられて肩透かしをくらった感じがした。浅葱もそれに気づいたのか、薄く笑みを浮かべる。

「今日の案件は君に少なからず負担がかかっている。自分の部屋でゆっくり休みなさい」

「わ、わかりました」

浅葱は司の身体のことを気遣って言ってくれたのだ。なのに変なことを考えてしまって、ばつの悪さに顔が熱くなる。

「司と一緒の部屋にいて、僕が我慢できる保証はないからね」

そんなふうに軽口を叩《たた》く彼はいつもの浅葱だった。さっきの違和感は気のせいだったのだろう。力を大きく使ってしまって、神経が尖っていたのかもしれない。

浅葱は司をアパートの前まで送ってくれた。車から降りると、運転席の窓が開く。

「また明日連絡するよ」

「はい」

「今日はお疲れ様」

「先生も」

浅葱はそれに応えて軽く手をあげ、車を発進させた。司は小さくなっていくそれを見つめ、角を曲がって見えなくなってからアパートの階段を上る。部屋に入って空気を入れ換え、バスタブに湯を張った。浅葱からもらった魔除けになるというハーブの入浴剤を放り込んでゆっくりと湯につかる。『仕事』をした後はこうして身を清めることを教えられたのだ。

――それにしても、あんなものが本当に出て来るなんて。

先ほど見たモノを思い出すと、今更ながらに背筋が震えてくる。

魔女として生まれてきたからか、司はこれまで人には見えない存在を目にすることが度々あった。その能力が覚醒してからは、異形の存在と対峙《たいじ》するようにもなった。

だが、今日目の前にしたものは、これまでとは明らかに違っていた。

この世界とは違う隣り合わせの世界があって、そこから悪意を持つものが虎視眈々《こしたんたん》とこちら側を狙っている。魔女である自分の先祖は、そういったものと関わりをもってきたのだろうか。そんなことを今更思い知った気分だった。

「ふう……」

ハーブの香りが浴室に広がる。バスタブの中で手脚を伸ばしていると、そんな強張った気分も徐々に解れていった。

――大丈夫だ。先生もいるんだから。

司は浅葱を信じようと思った。彼にはもともとミステリアスなところがある。これまでも司に理解できない行動をとったことは幾度もあるが、結局はうまくいっていた。だから、今回も『そう』なのだ。

温まった身体をバスタオルで包み、司は浴室から出て就寝することにした。


その夜、司は夢を見た。

夢の中で、司は女になっていた。夢を見ている時の特有の感覚で、自身は確かにそこに存在しているのに、別の自分が俯瞰《ふかん》しているような目線も持っている。そこから見た女の面差しはどこか司自身に似ていた。

『…ああ…』

司は淫行に耽っていた。抱いているのは浅葱だ。彼の逞しい男根が、女体の奥深くに挿入され、力強い律動を繰り返している。

――先生。

彼が自分以外の人間を抱いている。その女もまた司であるというのに、俯瞰して見ている自分自身は嫌だと思っていた。奇妙な感覚。司はこれまでにも何度か淫夢を見たことがある。まるで現実でセックスしているかのような、生々しい感覚は一緒だった。

女は浅葱の逞しい裸体に手脚を絡め、淫らに喘いでいる。浅葱は女の耳に唇を近づけ、何事かを囁いた。

――素敵だ。愛しているよ。

(そんな。先生、どうして)

その言葉は、司だけにと言ってくれたはずだ。それなのに何故、見たこともない知らない女にそんなことをするのか。

――知らない、女?

本当にそうだろうかと、夢の中で気づく。

自分はこの女を見たことがないだろうか。

女は体勢を変え、浅葱の上に跨《また》がった。白く豊かな臀部《でんぶ》が露わになる。その一部に司の目は釘付けになった。

白い丸みに星形の痣。司のそれとまったく同じ位置にある。

そう思った瞬間、身体の中心に鋭い快感が走った。司は悦楽の悲鳴を上げ、女と一体化して浅葱にしがみつく。内奥を突き上げる雄の存在に全身を震わせた。

『ふあ、ああ——…っ、イく、いく——……っ』

迸るその声は、自分のものなのか女のものなのか、よくわからなかった。

ホワイトボードに次々と板書される文字を、司はぼんやりと目で追っていた。

今日はどうも講義に集中できていない。ほう、と吐き出される息は熱を帯びていた。身体の奥に気だるさが残っている。それは執拗に浅葱に愛された次の日の感じによく似ていた。

司の思考は、まだあの夢の中にいる。

(あれは誰なんだろう)

長い黒髪、白い肌、顔立ちは繊細で、いっそ清純ささえ感じられた。それなのに浅葱と抱き合っているその表情には、底抜けの淫蕩さがある。

以前の、セイラムの生き残りが起こした事件において、司はその中心人物であるジェイクの姿を夢に見た。おそらくあの女性も、なんらかの意味を持って司の夢に出てきたことは間違いない。

(また先生に相談するか――)

そう思った時、身体の奥がカアッ、と熱を帯びた。

「っ!」

覚えのある感覚に息を呑む。突然襲ってきた発情の波に、腰が震えそうになった。

（なんで、いきなり――）

どうしてこんなことになるのか、わけがわからない。夢の中の光景に感覚が同調してしまったのか。

「……っ」

唇から漏れる熱い息を手で押さえる。その指が細かく震えていた。

「……司君？」

近くに座っていた女子学生が怪訝《けげん》そうに様子を窺ってくる。

「どうしたの。具合でも悪いの？」

「なん…でもない。大丈夫だよ」

それでも気遣わしげな視線が向けられてくるので、司は大きく息をついた。心臓の鼓動に合わせて、耐えがたい疼きが込み上げてくる。

「――では、本日はここまで」

その時の教授の声が、まるで天の助けのように聞こえた。司は席から立ち上がると、足早に教室を出て行く。目指すのは浅葱の研究室だ。長い廊下がまるで永遠に続くように思えた。

ようやく棟の端のほうにある彼の部屋まで辿り着き、震える手でノックをする。返事はなかった。今の時間はまだ講義かもしれない。それでも、今の司には身を隠すことが必要だった。ドアを開けて部屋の中に身を滑り込ませる。

「先生――」

呼びかけても応えはなかった。やはり浅葱はいないらしい。司は重い足を引きずって大きなキャビネットの裏に回った。その裏にあるソファに力を失ったようにドサリと倒れ込む。

「は――」

少し安心したことで、身体の熱が一気に上がったような気がした。はあ、はあとせわしなく零れる息が唇を濡らす。

(いけない。ここでは)

理性が押しとどめるも、手は勝手にボトムの中へと入っていく。衣服の中でぱんぱんに張りつめていたそれをおずおずと握ると、飛び上がりそうな快感が腰の中心を走った。

「んんあぁっ……!」

びくびくと腰が撥《は》ねる。たまらずに握ったそれを衣服の外に引きずり出すと、卑猥な色に染まったそれが勢いよく天を仰いでいた。

「あ、あ、あ……」

こんな、昼間の大学の構内で。

自分がしていることの後ろめたさに、まともな思考がブレーキをかけようとする。けれど司の中の淫蕩な魔女の本性は、それを易々と凌駕《りょうが》していった。握った自身のものを上下に擦り上げる。腰を舐め上げる快感に思わず背中が仰け反った。

「あ、う、あ、あぁ、あっ……」

立てた膝ががくがくと揺れる。夢中で扱《しご》く指に、先端からの愛液が滴ってちゅくちゅくと卑猥な音が響いた。司はもう片方の手を後ろに忍ばせ、奥の窄《すぼ》まりに触れさせる。ひくひくと蠢くその場所は蹂躪《じゅうりん》されたがっていた。

「ああ……だめ、だ…っ」

そんなことまで。

だが火のついた肉体は止まらなかった。自分の意志とは裏腹に指先がそこに潜り込んでいく。熱い蕾《つぼみ》を指がぐっ、と犯していった。

「んっ、く、ふぅあぁ……っ」

欲しかった感覚を得て、濡れた声が迸る。ここがどこなのか一瞬忘れそうになった。もっと強い刺激が欲しい。肉体の欲求のままにもっと自分の中を穿つと、一瞬意識が白く濁った。

「ん、あ、あああぁ…っ」

腰から背筋を這い上る快感にぎゅっと眉を顰める。司がソファの上で大きく身体を反らせた時、その声は聞こえた。

「ずいぶんと刺激的な姿で出迎えしてくれるね」

「――――っ!!」

一気に現実に引き戻され、司は目を見開く。キャビネットの影から浅葱が姿を現した。分厚い本を手にして、いつものように三つ揃えのスーツを着こなしたすらりとした姿で立っている。彼は少し困ったような、苦笑にも似た微笑みを浮かべて司の前にいる。

「……っあ!」

正気に戻った瞬間、自分がどんな恥知らずなことをしていたのかを思い知らされた。今にも泣き出さんばかりの羞恥が押し寄せてきて、膝を引き上げ、両腕で自分の身を抱えるようにして隠す。

「……どうして隠すのかな? 最後まで見せて欲しいな」

浅葱は本を置き、司に近寄ると隣に腰を下ろした。彼のつけている微かな香水が鼻をくすぐる。

どくん、と鼓動が跳ね上がった。

「ご、ごめんなさい、ごめんなさい……!」

彼の留守中に自慰をしていたことを詫びる。普通に考えれば、とんでもないことだ。わけのわからない衝動に駆られたとはいえ、なんてことをしてしまったんだろう。

だが浅葱はそんな司の肩を抱き寄せると、耳元で囁くように言った。

「謝ることはないよ。むしろ僕は感動している」

「な、なんでっ……」

「司がこんなに可愛いところを見せてくれるようになったから」

半ばパニックを起こしたような司を逃げられないように抱きしめ、浅葱はそんなふうに告げる。

「続けてくれ。君が自分の手でイくところが見たい」

「い、嫌です……」

「どうして? さっきまではあんなに気持ちよさそうだったじゃないか」

そんなふうに言われて、司はどこかへ飛んでいってしまいそうな羞恥に襲われた。耳の中に注がれる浅葱の声が鼓膜から脳をくすぐるように広がり、ぞくりと腰を震わせる。

「や、だ…め、駄目っ」

浅葱が軽く手を添えるだけで、司は自分でまた肉茎を握り込んだ。じん、とした快感が背筋を貫き、思わず熱い吐息が零れる。

「さあ、司」

見せてごらん、と言われ、司はゆるゆると自身を扱き立てた。

「あ、ふ…あ、あっ」

濡れた音が再び股間から響いてくる。浅葱の視線を感じ、たまらずに腰を浮かせた。

「せん、せい…っ、み、ないで」

「どうして。とても可愛いよ」

「んん、ああっ、は…ずかしい……っ」

こんなに恥ずかしくて死にそうなのに、彼の視線を感じると肉体がどこまでも燃え上がっていきそうだった。司はいつしか浅葱に見せつけるように立てた両膝を開き、愛液に濡れた指で自分の肉茎を虐め抜く。

「あっ…、あっ、あぁぁ…っ、い、く……っ」

「いいよ。イくんだ。見ていてあげるから」

後ろから浅葱に抱き抱えられ、尖った乳首を優しく撫でられる。興奮と快感で頭の中が沸騰しそうだった。先端をぐりぐりと擦ると、灼けるような射精感が込み上げてくる。

「あ、あぁぁあ……っ!」

司の手の中で、白蜜がびゅくびゅくと音を立てそうに放たれた。全身がびくん、びくんとわななく。

「はっ……ふ…う」

下肢にまとわりつく気怠い感覚。司は恍惚とした表情のまま、舌先で唇を舐めた。

「んっ、ん……う」

唇を深く塞《ふさ》がれる。侵入してくる肉厚の舌を受け入れると、それが絡みついてきて強く弱く吸われた。

「可愛かったよ。……もっと可愛くなろうか」

「ん、ぁっ」

達したばかりでまだ痺れている両脚を抱え上げられ、左右に大きく開かれてしまう。纏《まと》う布のない司の下半身は、白々と照らされる蛍光灯の下に露わになった。濡れてはしたない自分の股間。それをまともに目に入れてしまって、羞恥と興奮が一気に甦《よみがえ》る。そしてそんな司の後孔に、浅葱の猛々《たけだけ》しいものが押しつけられた。

「ああっ先生っ、だ、め…っ」

「駄目じゃないだろう？　ほら、こんなにおいしそうに呑み込んでいく」

彼の張り出した部分がずぶりと体内にめり込んでいく。その瞬間、ぞく、ぞくという波が尻から背中を舐め上げていった。

「んあ、ア、あんん…うっ」

鼻にかかったようなひどく甘ったるい声。これが本当に自分の声かと思う。容赦なく確実に穿ってていく男根に刺激された内壁が、震えながらそれに絡みついていった。

「あ、アーっ、あ――…っ」

たまらなく気持ちよくて、つい自分から腰を揺らしてしまう。こんな時は自分の本性を嫌というほどに思い知らされた。

「司…、そんなにあられもない声を上げたら、いくらここには誰も来ないと言っても、誰かに聞こえてしまうかもしれないよ」

「ああっ、んんっ……！」

浅葱に耳元でからかうように囁かれ、思わず自分の手で口を塞ぐ。それでも喉の奥から漏れ出る声を抑えることが出来なくて、自分のシャツをたくし上げてそれを口に咥えた。

「んっ、ふうっ、んんんう…っ」

下から突き上げられる度にばちゅん、ばちゅん、と音がする。自分の肉体が悦んでいるのがわかった。愛しい男のものに責め立てられるのが嬉しくてならない。

「んうっ、うっ、くうううんっ」

「僕の部屋で、自慰をしながら待っていてくれるだなんて……、そんなに可愛がられたかったのかい？」

「～～～っ」

司はかぶりを振った。違う、と言いたかったが、自信がない。自分の淫蕩さが恥ずかしい。

「構わないよ。思い切りイってごらん」

浅葱の律動が速くなる。弱いところを小刻みに突かれ、揺すられるともう駄目だった。腹の奥からとてつもなく大きな快感が込み上げてくる。

（イく、イくっ）

頭の中がもうそのことしか考えられない。浅葱の熱に全身を支配され、身体が燃え上がりそうだった。どろどろに蕩ける肉体の芯。

「ん、く…うんっ、んん――～っ、～っ！」

ひときわ奥を貫かれた瞬間に、司はとうとう絶頂を極めた。押し開かれた肉洞を我が物顔で支配している男根をきつく締め上げると、背後の浅葱が短く呻《うめ》く。脈動と共に内奥にぶちまけたものが体内を濡らした。

「……っ！　くう、あぁぁ……っ」

司の口からシャツが落ちて、切れ切れの声が漏れる。二人しかいない部屋に司の嬌声が響いた。

「あ、あ――イくっ…！　せん、せえ…っ！」

「…っく、司っ…！」

互いの荒い呼吸がその場に満ちる。彼の精を体内に受け止めたことで、司の頭にようやっと理性が戻り始めた。そして現状を把握した途端羞恥も返ってくる。ここは昼日中の、大学の構内だ。

「あ……っ」

思わず身体を離そうとしたものの、まだ深く繋がっている状態ではそれも叶わない。しかも浅葱は後ろから司の顎を捕らえ、何度も口づけてくるのだ。達した直後の状態でのそんな口吸いは、また腹の奥がじくじくと疼きそうになる。

「せ、んせい、だめ、です……っ、ごめんな、さい…っ」

「うん…？」

「もう、離して、くださ…っ、ここでは、だめ、です…っ」

実を言うと、この場所で事に及んだことは初めてではない。だがそれが当たり前のようになるのは怖かった。浅葱との交合は快楽が深すぎて、司は絶対に拒めない。だからこそ理性的な規範は必要だと思った。それが守れているかはいささか不安だが。

「わかったよ」

「う…っ」

それでも浅葱は素直に言うことを聞いてくれて、司の中から自身を引き抜く。その感覚にすら甘く呻いてしまった。

「何せ熱烈に迎えてくれたんだ。嬉しくてね」

「……すみません」

「謝ることはないよ。……何かの魔力の干渉を受けたのかな？」

手慣れた手つきで後始末をしながら何気なく言った彼の言葉に、司の手が止まる。

「昨夜夢を見ました」

「聞こうか」

身繕いを整えると、浅葱はすっかり知識人の顔を取り戻す。ほんの数分前まで司のことを巧みに追いつめていた男とは思えない。その落差に面食らいながらも、司は昨夜見た夢のことを話した。浅葱と女が交わっていた。それはいささか話しにくい内容だったが。

「あの人は魔女だったと思います」

「どうしてそう思う？」

「痣があったんです。星形の……俺と同じ位置に」

今でもはっきりと思い出せる。女の乳白色の肢体と艶《なま》めかしい声。

「その女性と、先生が……」

恋人である浅葱が自分ではない女を抱いている。それを本人に伝えてしまって、胸の中が重くなった。たかが夢だ。そう思おうとしたが、司はわかってしまっている。これはただの夢ではない。だから彼が女を抱いていることにも、何か意味があるのだ。そう思うとつらい。

「気にしているのかい？」

肩に手が置かれる。さっきまで司を激しく抱いていた手。

「すみません、夢でのことなんて、先生に責任はないのに――――」

「ここにいる僕は君を見ている。司だけを見て、司だけを抱く」

「……はい」

「その夢には何か意味があるんだろう。君が魔女として成長を遂げていくと、様々なものが見えてくれる。その中には過去世なども含まれるかもしれない」

「過去…世？」

「君の前世に関わりがあることかもしれないね。その女性はおそらく魔女だった。それも完全な。その魂に触れると、本性が刺激されて発情状態になってしまうことがある」

今日、司がおかしかったのはきっとそのせいだろう。そんなふうに説明されて、少し腑《ふ》に落ちた。

「ところで、その魔女の名前はわかるかい」

「……はい」

夢の中で、浅葱が魔女に囁きかけた声を思い出す。その声は確かにこう言っていたのだ。

「リリア、と」

司はそれ以来、度々リリアの夢を見るようになった。彼女は必ずしも浅葱と性交しているわけではない。ただ椅子に座り、こちらを見つめているだけの時もあれば、黒いフードを身に纏い、拗《ねじ》くれた杖を手にして、何かの魔術を行使しているような時もあった。そして淫靡な儀式で、不特定多数の男と交わっているような時も。

リリアはとても力の強い魔女なのだろう。何度か夢の中で会い、その姿と行動を見ていると、彼女の放つ魔力の波動のようなものが伝わってくる。それは司の持つそれとよく同調した。おそらく魔力の質が似ているのだ。司はリリアの夢を見る度、少しずつ彼女と同調していくような感覚を得る。それはどこか不安で、少し恐ろしいと感じた。

「リリアとはいったい誰なんですか」

いつものように浅葱の部屋を訪れた時、司はそう訪ねた。目の前のグラスに赤いワインが注がれる。これは確か、神の血の色に例えられたのだっけ。魔女が背いたとされる絶対の神。

「著名な魔女の名は協会に登録されている。データベースを覗いてみたところ、確かにその名前があった。名簿の先頭に記載されている、非常に力が強く、淫蕩な魔女だ」

「……それが、何故」

何故、司の夢に干渉してくるのか。

「君の力の目覚めに触発されたのかもしれない。君は過去の魔女と記憶を同期したことがあっただろう」

以前司は協会の過激派に目をつけられ、廃教会に拉致《らち》されたことがあった。その時命の危機に晒され、力が爆発した。殺されるかもしれないという恐怖が、過去の魔女達の惨殺の記憶と触れ合ったのだ。

「おそらくその時に、向こうが『道』を見つけた」

「リリアの目的はなんなんですか」

「わからない」

いにしえに存在した強力な魔女。それが自分の夢に度々現れるということは。

「俺を乗っ取ろうとしているんですか」

だから司の恋人である浅葱と交合した。これは自分のものであると司に見せつけるように。だが浅葱は笑って見せる。

「そうそうそんなことは起こらないよ。安心していい。ただ、この間のような影響は度々出る可能性がある」

司が大学で発情してしまった件だ。あの日のことを思い出すと、今でも顔から火が出そうになる。

「それを防ぐためには心をしっかりと持っていないと駄目だ」

「はい……、でも、難しいです」

司としてはしっかりしているつもりでも、気の緩んでいるであろう就寝中を狙われたらどうにもならない。困惑している司に浅葱は優しく微笑みかける。

「大丈夫だよ。この間のような発情が起こっても、僕が側にいればすぐに対処してあげられる」

「大学にいる時にあんなふうになるのは、二度とごめんです」

「司は真面目だ」

おかしそうにくっくっと笑われて思わず拗《す》ねた表情を浮かべる。どんなに恥ずかしかったか、彼はわかっていないのだ。

「では、そうならないように今セックスしておこうか」

浅葱の手が頰に触れる。

「っ……」

ゆっくりと息を吞む司の唇に熱い吐息がかかる。司は従順な顔で目を閉じた。

週末を浅葱の部屋で過ごし、自宅のアパートまで彼の車で送ってもらった。

「ではまた、大学で」

「はい」

頭を引き寄せられ、軽くキスをされる。あんなにたっぷり抱き合ったのに、別れる時はいつも少し名残惜しかった。彼も同じ気持ちだったらいいのに、と思う。愛されて大事にされていることはわかっているが、浅葱はいつも余裕があるように見えるから、司には彼がこんな時何を思っているのかはわからない。

「はい」

階段を昇り、部屋のドアを開けたところでスマホが鳴った。実家からだった。

『──司？』

母の声だった。その声の響きから、なんとなくよくない話ではないかと思う。

「どうかしたの？」

『あのね、クロアチアのお婆様が──』

亡くなったらしいの。

「……そう……」

その言葉を聞き、司の胸に深い悲しみの海が広がる。

衝撃はなかった。たった三ヶ月前のことだが、会いに行った祖母は老いていた。その目の奥には未だ強い光が宿ってはいたけれど、肉体の衰えはどうしようもない。

「さっき連絡があったんだけど、それでね、お前に伝えてくれって。お婆様がメッセージを送ったから、メールを見てくれっておっしゃってたわ」

母からの通話を切ると、司は急いでパソコンを立ち上げた。他のメールに紛れてしまわないように、祖母にはプライベートのアドレスを教えてある。メーラーが立ち上がるまでの時間がもどかしい。受信メールの中に祖母の名前を見つける。クリックすると、日本語の文章が目に入った。

『血の運命に抗いなさい
お前は今を生きている。しっかりと前を見なさい。

そして決して安易な犠牲とならぬよう、心をしっかりと保つのです。

お前はお前です。それを決して忘れぬように』

「お婆さま……」

死の間際に書いたのだろう。別れの挨拶もなく、簡潔な文章だった。司の胸に悲しみがじわじわと広がり、鼻の奥がつんと痛んだ。目の縁から大粒の涙がぽろりと零れて頬を伝い落ちる。

祖母はこの世界で数少ない、知っている魔女だった。血縁というだけでなく、同胞を失ってしまった寂しさと心細さが司の中に広がる。彼女は今、司が何に思い悩んでいるのか、まるで知っているようだった。

『お前はお前です。それを消して忘れぬように』

司は祖母のその言葉を何度も繰り返す。まさに今、司が思い悩んでいることに助言をもらったような気分だった。

その時、玄関のチャイムが鳴る。続いてドアがノックされ、『司』と外から声をかけられた。浅葱の声だ。

ぐい、と頰を拭い、急いでドアを開けると、そこにはついさっき別れたばかりの浅葱が立っている。彼は手にしたスマホの画面をこちらに向けて見せた。

「ついさっき、メールが届いたんだ。クロアチアから――」

浅葱もまた、祖母の訃報を受け取ったのだろう。彼にしてはめずらしく、言葉が続かないようだった。司が無言で見つめ返すと、浅葱は強く抱きしめてきた。

「……残念だよ、とても」

「……」

司は無言で頷く。浅葱の声も沈鬱《ちんうつ》に満ちていて、彼が祖母の死を心から悼《いた》んでいるのが伝わってきた。

「もっとお婆さまと話がしたかった」

教えて欲しいことが、まだたくさんあった。けれどそれよりも、遠い国に住んでいるために自分と祖母の間には交流らしい交流がほとんどなかったことが悔やまれた。

「そうだね。きっとあの人もそう思っていたことだろう」

でも、と浅葱は続けた。

「もう会えなくとも、君のお婆さまは見守ってくれている」

「……はい」

紺碧の瞳から大粒の涙がぽろぽろと零れ落ちる。そんな司を。浅葱ずっと抱きしめていた。

祖母が亡くなってから一ヶ月ほどが経った。司はその間平穏な日常を過ごしていた。教会からの連絡も特にない。もしかしたら浅葱が気を遣って、司に案件を回さないようにしてくれていたのかもしれない。その浅葱とは大学では会っている。講義の他に彼の研究室で他愛もない話をして過ごしていた。

「先週の展開はなかなかおもしろかった。ヒロインの女優の演技も一番よかったよ」

「先生がドラマとか見るなんて意外でした」

「そうかい？　僕だって世間で注目されているものにはそれなりに注意を払うよ。君がどんなアイドルが好きなのか気になるし」

「俺ですか？　アイドルとかはあんまり……。木曜にやっているドラマの女医役の人とか気になります」

「ああ、あの清楚な見た目だけども、少し気の強い感じの子か。なんだ、司みたいな子じゃないか」

「ええ？　そうかな……」

実を言えばその女優は、夢に出てきたリリアと少し印象が似ていて記憶に残っていたのだ。だが、そのリリアと自分が似ていると言われるとは思わなかった。

「その子、ちょっとリリアに似ていると思ったんです」

「ほう」

司は反応を窺うように浅葱をじっと見つめたが、彼からはなんの揺らぎも感じ取ることができなかった。

「あまり見つめられると、君にキスしたくなってしまうよ」

「え…っ」

苦笑交じりにそんなことを言われると、司のほうが恥ずかしくなってしまう。そう言えば祖母の訃報を聞いた時から、浅葱とはそういったことをほぼしていなかった。以前はこの研究室で抱かれたこともあるというのに、今の浅葱は司に触れようとしない。

「……しない、んですか」

おそらく司を気遣ってくれているのだ。祖母を亡くしたばかりで、司がそんな気になれないだろうと思っている。いつもはとても強引で意地悪だけども、最後には司の意志を尊重してくれる優しい人なのだ。

けれど司はもう、彼に強く抱きしめて欲しかった。おそらく祖母もそんな司のことをわかっている。未来まで見通せる魔女だったのだから。そして司の本性は、淫蕩な魔女。

「……んっ」

司の唇が熱いもので塞がれた。浅葱の唇で深く塞がれ、肉厚の舌が口内に侵入する。敏感な粘膜を舐め上げられた時、背筋に電流が走ったようになった。

「っ、んっ」

覚えのある恍惚。彼の攻撃的な舌で犯される度に頭の中が痺れていく。司は思わず甘い呻き声を漏らした。浅葱も興奮を覚えたらしく、司の舌を強く弱く吸っていく。

「……っ」

やがて腰が震え出した頃、浅葱はやっと口づけから解放してくれた。潤んだ視界の中に浅葱の端整な顔が写る。

「……今週末は空いている？」

「はい……」

「食事にでも行こうか。その後、君とゆっくり過ごしたい」

司の濡れた唇を指で拭いながら、浅葱はそんなふうに誘ってきた。司がこくりと頷くと、彼はもう一度、今度は啄《ついば》むようにキスしてくる。司はこの場ですべてを奪われてしまいたい衝動を抑えるのに必死で、そんな自分をはしたないと必死で諫《いさ》めるのだった。

週末の夜に浅葱が連れていってくれたのは創作和食の店だった。彼が選ぶ店はいつも外れがない。酒の種類も豊富で、司はついいつもよりも杯を重ねてしまった。

「今日の店はどうだった？」

街灯とネオンに照らされた舗道を歩きながら、浅葱が訪ねてくる。

「とても美味しかったです。いつもご馳走になってしまって、申し訳ないんですけど」

「司は学生で、僕は社会人だ。君に財布を出させたら僕の立場がない」

年長者が会計を持つのは当然だよ、とやんわり言われてしまう。確かにそうかもしれないが、なんだか子供扱いされているようではがゆいのだ。だがそう言うと浅葱は司の耳に口を近づけて囁く。

「この後、部屋をとっている。来てくれるだろう？——子供にこんなことはしないよ」

今夜のことを嫌でも想像させてしまう誘惑に、顔が熱くなった。

「い、行きますけど。……そのつもり、でしたし」

「ならよかった。司が来てくれないと、僕は寂しく独り寝で過ごすところだったよ。悲しくて泣いてしまうかもしれない」

「よくそういうこと言えますね」

「事実だからね」

さらりと答える浅葱に、司はどうしたって彼には敵わないと思う。それなのに浅葱は、まるで司が主導権を握っているかのようなことを時々言うのだ。普段はあんなに翻弄しているくせに。

「だが、そうだな――。子供時代の司に会っていたら、もしかしたら犯罪を犯してしまう可能性は否めないな」

「先生に罪を犯させないでよかったです」

浅葱が言うと冗談に聞こえない。司が肩を竦《すく》めて答えると、彼はおかしそうに笑うのだった。

「僕が君と初めて食事をした時、何をしたのか忘れたのかい？」

それを聞いてはっとなる。確かあの時、司は一服盛られて正体を失い、気がつけばベッドの上で、強引に抱かれてしまったのではなかったか。

「あれは我ながら犯罪すれすれだと思うんだけどね」

「……忘れてました」

ついでに言えばすれすれではなく、立派に悪いことだったのだが。我ながらこんなに絆されてしまった。それは浅葱だけではなく、自分にも責任があると思う。

でも司は自分の意志で魔女の運命を受け入れた。自分の力と向き合おうと決めたのだ。浅葱を愛するということもそれと同一線上にある。そしてそんなことを考えている司に、浅葱は言った。

「けれど後悔していないよ。あの時はどんな手段を使ってでも司を僕のものにしようと思っていたからね」

「――――」

浅葱が時々吐く強い執着を感じさせる言葉。それを聞く毎に、司は彼にどうにでもして欲しくなるほどの胸の昂ぶりを覚えてしまう。今だって、背筋が震えて、腹の奥にずくん、と熱が灯《とも》ってしまった。

「早く部屋に行こうか」

肩を抱かれる。司は頬にじんじんするほどの熱を感じながら、こくりと頷くのだった。


自分の下半身から、じゅく、じゅく、という音が聞こえる。浅葱の長い指で内部を穿たれる度に、奥から甘い刺激が込み上げてきた。

「あっ、うう…っ、あっ、あっ」

「もっと脚を広げてごらん。ああ、そうだ。よく見えるよ」

「あ、や…っ、は、ずかし……っ」

羞恥に身を灼かれているくせに、司は彼の言う通りに両脚をもっと広げて見せる。きっと、浅葱が指で嬲《なぶ》っているところも露わになっているのだろう。二本も指を咥え込んでひくひく蠢いている肉環も。

「後ろを虐められて、司のものが気持ちよさそうに泣いているよ」

「っ、あっ、あ……んっ！」

司の肉茎は、後ろへの快感ですっかり勃ち上がり、先端から切なそうに愛液を零している。この部屋に入ってからそこも浅葱の指や舌で執拗に可愛がられ、何度か吐き出して、じくじくと疼きながらそそり立っている。

「せ、んせい…っ、ここぉ……っ」

前も一緒に虐めて欲しい。司は腰を浮かせるようにして彼にねだった。

「司はいっぺんにされるのが好きだね」

「ん、ん……っ、あ、あふううっ」

根元からそっと裏筋を指先で撫で上げられ、啜り泣くように喘いでしまった。だがその刺激は一度きりで終わってしまう。

「でも、今は後ろに集中しておいで」

「あ、は、や、やだぁ……っ」

「駄目駄目。少し我慢するんだ」

優しい口調と手つきで、ひどく意地悪なことをされる。中にある特に弱い場所を指の腹で押し潰すようにされると、頭の中がふわふわと蕩けた。口の端から唾液が零れる。

「んぁ、あ、はあ…ううっ、そ、そこ、あっ、あぁぁああ」

「ここが気持ちいい？」

「あ、ああっ、ああっ」

そこを優しく撫でられて、司はもう駄目になってしまった。気持ちいいかと問いかけられて何度も頷き、肉洞を穿ってくる指を強く締めつける。放置されている肉茎にも、何度も快感が走った。

「あっ、い、いい……っ」

「こんなに涎《よだれ》を垂らして」

浅葱は蜜を溢れさせている司の先端を、舌先でそっと舐め上げる。それだけで下肢ががくがくと震えた。

「んくうぅ――…っ」

やっと与えられた、けれども達せないくらいの刺激に浮かせた背中がびくびくわななく。指で中の気持ちのいいところをとんとんとん…、と小刻みに虐められると、もう駄目だった。司は力の入らない指でシーツをかき毟《むし》りながら、何度目かの絶頂に達してしまう。

「あ、ひ、いぃい……っ」

白蜜が噴き上がった。腹の奥が切なくうねっている。司はもうわけもわからなくなって、浅葱を誘うように腰を振り立てた。

「い、挿れ、て、いれてくださ……っ！　も、はや、くう……っ」

「挿れてからどうして欲しい？」

浅葱の熱っぽい囁きを耳に吹き込まれる。ああ、また恥ずかしい言葉を言わなくてはならない。けれどその事実は司を興奮させた。

「さ、さっきのところ、擦ってっ、それから、おく、突いて、くださ……っ」

肉体の欲求を口にしながら自分がひどく淫らなものに変貌していく感覚がした。いや、変貌ではなく、本質に戻っていっているのか。

「いいよ。司の好きなようにしてあげよう」

両脚を大きく持ち上げられ、指で嬲られていた場所を露わにされる。激しく収縮するそこに、浅葱の凶器の先端が押しつけられた。

「……あ…っ」

来る。その予感に、司の唇から歓喜の声が漏れた。

「ふ…っ、んっ、んんうぅぅ――――〜〜…っ」

ずぶずぶと這《は》入《い》り込んでくる熱い熱棒に、全身にぞくぞくと快感の波が走る。司はまたしても挿入の刺激だけで達してしまい、仰け反りながらまた蜜口から愛液を噴き上げた。

「……すごいね。とても熱くて気持ちのいい肉に包み込まれているよ」

ため息をつきながらそう呟く浅葱の声を、司は震えながら聞いていた。さんざん焦らされたせいで、彼のものが入っているだけで感じてしまう。

「魔女の力の源である子宮――司の場合、それにあたる場所がここだ。たっぷりと可愛がってあげよう」

「んんああっ」

弱いところを先端の張り出した部分でごり、と抉られ、嬌声が上がった。腰の奥が煮え立つような快感がじわじわと身体中に広がっていくのがたまらない。

「あっ、あ…っ、んああっ、あーっ」

指先まで痺れるようだった。ぐりゅ、ぐりゅと何度も泣きどころを擦られ、司はその度に喉を震わせて喘ぐ。

「せん、せい、先生……っ、ふああっ」

その喉元に浅葱が吸いついて歯を立てた。まるで食われてしまうような感覚に総毛立ってしまう。もしこのまま喉を食い破られたとしても、きっと自分は快楽しか感じないだろう。

「ああっ、はああっ、いっ…く、イくうぅ……っ！」

ゆっくりと内部を抽送される快感に耐えられなくて、司は容易《たやす》く極めてしまう。大きく背を反らし、切れ切れの悲鳴じみた声を上げながら、腰をがくがくと痙攣《けいれん》させる。

「あっ、あ———……っ！」

司が達しても、浅葱は少しも動きを緩めなかった。それどころか、もっと奥を目指して律動を続けてくる。

「ああぁっ、んぁっ！　ま、まっ…て、待って、くださ……っ」

「奥まで欲しいって言ったのは、君だろう……？」

「んん、んう…っ」

有無を言わされずに口を塞がれ、止める言葉を奪われる。上も下も犯されて、司の思考が白く濁った。

「はっ、は……っ、ああ……っ」

ずん、ずん、と突き入れられて、腹の奥がじくじくと熔ける。浅葱の先端で奥の入り口を優しく捏《こ》ねられる度に、どうにかなってしまいそうな快感が襲ってきた。

(気持ちいい、気持ちいい――――)

もうそれしか考えられなくて、司は震える手で彼の広い背中に縋《すが》りつく。汗ばんだ男の背は、彼もまた昂ぶっていることを示していた。

「司、君のいけないところに挿入《はい》ってしまうよ」

「んあっ、あっ、あっ、あっ!」

ぐりり…、と最奥をこじ開けられる。その瞬間、身体の底からぶわっ、と快楽が込み上げ、全身を侵していった。浅葱の長大なものがずりゅ、とそこを抜けていく。

「あああぁああ」

いやらしいだけの声が喉から迸った。浅葱は消して乱暴にはせず、だが容赦のない動きで司の奥を穿っていく。彼が最奥を突き上げる度に絶頂が訪れ、司は我を忘れてよがった。

やがて浅葱が腰を震わせ、したたかに白濁を肉洞の壁に叩きつけるまで、司は自分が今達しているのかそうでないのかもわからないほどに乱れさせられた。

濃密な交合の後で、司は深い眠りの淵に落ちていた。彼に抱かれた後はいつもそうだ。多幸感と倦怠感にくるまれて蜜の海をとろとろと沈んでいく。

だが、ふいに意識が水面ぎりぎりまで浮上した。

「……？」

身体が思うように動かない。だが目の前はぼんやりと見える。つい先刻まで激しく絡み合っていた浅葱が起き上がってこちらを見下ろしていた。だがその表情にはいつもの穏やかな色はなく、どこか冷たげな印象があった。

――せ…んせい……？

司は自分が目を閉じているのか、それとも開いているのかが判別がつかなかった。現実感があまりない。もしかしたら、これも夢なのだろうか。

司はその時、浅葱が茶色の小瓶を手にしていることに気づく。それは彼の研究室で見たことがあるような気もした。浅葱は小瓶の蓋《ふた》を開け、それを司の身体の上でゆっくりと傾ける。透明な、とろりとした液体が、司の胸の上に垂れた。

「――ふっ……」

その感覚に声が漏れる。快楽に繋がる刺激に、司の頤《おとがい》が小さく仰け反った。肌の上に垂らされたものから甘い匂いがする。これは彼が時折使う香油だろうか。浅葱は掌でそれを司の身体に塗り広げていった。そして何か図形を描くような指の動きをしてくる。

「――常世の理から出てて、いにしえの魔女よ、肉体の裡《うち》で目を覚ませ」

彼の口から呪文が唱えられる。聞いたことのない呪文だ。これは何かの儀式なのだろうか。

「新たな器で共に生きよ。それは希の生である」

「……んあ、あっ……！」

その時、身体の内側で快感が走った。浅葱は香油で司の肌の上に指で何かを描いている。それは司には確認することができないが、彼の指先は愛撫のように司を感じさせた。辿られている肌がじんじんと熱を持ち、息が乱れてくる。

「はっ、あっ……」

だが身体は動かない。身体中に広がる快楽に、司は不自由に身悶えるだけだった。腰骨が次第に痺れてくる。脚の間のものは、きっと形を変えてしまっているだろう。それなのに腰を震わせることしかできない。

「あ、あう……っ」

自分は何をされているんだろう。浅葱はこれまでも強引で突飛な行動で司を翻弄してきたが、今日のはそれとはまた違う気がする。

「……んっ、んううっ」

股間の肉茎を捕らえられ、上下に擦られて、鋭い快感が襲ってきた。ろくに動けない身体で司は背を反らし、甘苦しい快楽に耐える。浅葱の巧みな指は裏筋を擦り、先端をなぞり上げ、小さな蜜口をくりくりと刺激した。

「んあっ、あああっ」

強い快感にかぶりを振る。異様な状況の中でも、浅葱との行為に慣れた身体は敏感に反応した。ましてや、ついさっきまでさんざん愛されたばかりだ。

「――――んぁああっ」

浮かせた腰をがくがくと震わせ、司は彼の手の中でとうとう達してしまう。白蜜がぴゅる、と弾けて、浅葱の手を濡らした。

「――――愉悦の果てに血肉を我が物とせよ」

彼の口からまた詠唱が聞こえる。彼は手の中に吐き出された司の精を、香油と一緒に胸や腹に塗り込めていった。

「――――……」

眠気がまた司を包み込む。彼に何かを問うこともできず、司は再び闇の中に意識を落としていった。

翌朝目が覚めると、浅葱はもう起き出していて、浴室から出てきたところだった。

「おはよう。目が覚めたかい？」

「……おはようございます」

「もうすぐ朝食のルームサービスが来るよ。君もシャワーを浴びておいで」

「はい」

浅葱はいつも通りの態度で司に接してきた。何がどうなっているのかわからず、司は軽く混乱してしまう。ガウンを羽織ってベッドから降りると、膝が軽くふらついた。昨夜はめを外しすぎたせいだ。

「大丈夫かい？」

そんな司を、浅葱はすかさず支えてくれる。

「昨夜たくさんイったせいだね」

その通りなのだが、恥ずかしくて顔を赤らめると、彼はこめかみに優しくキスをくれた。意地悪だけれど優しい。これもいつもの浅葱だ。

「大丈夫です。……身体洗ってきます」

「うん」

浅葱の腕から抜けて、浴室に入る。ガウンを脱ぎ捨てた時に気がついたが、身体は一通り綺麗にされていた。これもいつものことなので、昨夜の妙な行為の痕跡を確かめることができない。

（本当に夢だったのかもしれない）

魔女の力に目覚めてから、司は現実と違わないような夢を見ることが多くなった。あれもその類いだったのかもしれない。

（けれど、それなら何か意味があるはず）

夢は司に様々な未来や、あるいは警告を発してくれていた。夢の中での浅葱の行為にはいったいどんな意味があるのだろう。

そんなことを考えながらシャワーを捻り、湯が適温になるのを待つ。浴室内が温められた時、ふいに甘い香りが鼻孔を掠《かす》めた。

「！」

その香りは知っている。昨夜、浅葱が司の身体の上に垂らした香油の匂いだ。

――夢じゃなかった。

あれは現実にあった出来事だった。

彼が時折仕掛けてくる、性的な悪戯《いたずら》とは思えない。あの呪文の詠唱にはなんの意味があるのだろう。香油で肌の上に何を描いた？

そんなこと考えながらシャワーを浴び、浴室から出る。朝食が届いたらしく、白いクロスを敷いたテーブルの上に数種類のパンと、サラダとスープ、卵料理、フルーツ、コーヒーや紅茶が載せられていた。

「朝食が届いたよ、食べよう」

「はい、ありがとうございます」

司は席に着く。空腹は感じていたので朝食は食べた。焼きたてのパンは香ばしく、卵料理も美味しかった。

「今日はこの後どうする？」

「……あ、ええと」

言いよどんでいると、浅葱のスマホが鳴った。端末を取り上げた彼は眉を寄せながら電話に出る。

「はい。――――ああ、そうだったか……。来週じゃ駄目なのか？ 週末だぞ？ ……わかったよ、仕方ないな。せめて午後からにしてくれ。ああ、ああ。じゃあそちらに行く。ではな」

「――――お仕事ですか？」

通話を切った浅葱に尋ねると、彼は子供みたいに拗ねた表情で言った。

「論文の件で、同じ研究者から協力を求められていてね。前々からの約束だったんだが、先方の都合がつかなくて延び延びになっていた。今日これから来るようにと言われたんだが……」

ひどく申し訳なさそうに告げる彼はなんだか珍しいような気がする。

「いいですよ。行ってあげてください」

「しかし」

「俺なら大丈夫です。こうして朝食まで一緒にとってもらったから、充分ですよ」

名残惜しくないと言えば嘘だった。けれど浅葱には公私にわたって色々とサポートしてもらっている。自分が彼にしてあげられることなどたかがしれているので、せめて邪魔にだけはなりたくなかった。そんな司の言葉に浅葱は苦笑して肩を竦める。

「仕事と自分とどっちが大事なんだ、とは言ってくれないのかい？」

「言いませんよ、そんなこと」

また無茶なことを言ってきたので、司は呆れたように答えた。

「僕が今の仕事についたのは司に会うためなんだ。だから君以上に大事なものなんてないんだよ」

「――――」

浅葱はいつも司にためらいもなく愛と執着の言葉を投げかけてくれるので、その度にどきどきして狼狽《うろた》えてしまう。そう、わかっているのだ。彼が自分を大事にしてくれていることは。

「……俺も先生が好きです」

「本当かい？」

「本当ですよ。……信じていないんですか？」

「もちろん信じるよ。けれど、恋をしている時は誰しも不安になるものだろう？」

戯《おど》けたような言い方に、司は思わず笑ってしまう。浅葱のこういうところは嫌いではなかった。

彼のエキセントリックな面には大分慣れてきていて、愛しささえ感じてしまう。

「先生」

「ん？」

司は昨夜のことを尋ねてみようとした。昨夜、俺が寝ている時にしたのは、何かの儀式ですか？

「なんでもないです」

聞けなかった。何か胸騒ぎを感じてしまって、それを聞いた時の彼の反応を見たくないと思ってしまったのだ。

（どうしてだろう）

浅葱が自分を裏切るとは思わない。けれど、予感めいたものを無視することもできない。

（今はこうして、何も考えずに先生の側にいたい）

チェックアウトの午前十一時まで、司は浅葱に寄り添い、二人だけの時間を過ごした。

「本当に送らなくていいのかい？」

「はい、このあたりで買い物してから帰ろうと思うので」

運転席の浅葱に、車の外に立ってそう言った。

「そうか。じゃあ、気をつけて。また連絡するよ」

「はい」

浅葱が乗った車は発進し、あっという間に通りの向こうに消えていった。それを見送った後、司は軽くため息をついて歩き出す。特に用事があるわけでもなかったが、今はなんとなく真っ直ぐ家に帰りたくない気分だった。

考えたいことが山ほどある。浅葱のことを信じると決めたのに、また疑い出している自分が嫌だった。はっきりと彼に問いただせないことにも腹が立つ。少し気持ちを整理しなければならないと思った。

「――――あの、すみません」

だから背後からかけられた声にすぐに気づかず、司はそのまま黙々と歩いていく。

「すみません！」

「っ」

二度目の声は、少し強めにかけられた。司はびっくりとして息を吞んでしまう。とっさに振り返ると、そこには一人の男が少し困ったような顔で立っていた。

「申し訳ない。驚かせてしまって」

「いえ、何か――御用ですか」

「君、宇市司君だろう？」

男は司を知っている様子だった。三十になるかならないかくらいの見た目で、清潔感がある。少しウェーブがかかった前髪を無造作に撫でつけていた。仕事が出来るサラリーマン、という印象だ。

「私は矢本《やもと》涼眞《りょうま》という者です。教会関係者と言えばわかるかな。――これ」

矢本はスーツの襟元の小さなバッジを指し示した。それは教会のメンバーが持っている、魔法陣を模した意匠のものだ。浅葱はつけていない。

「さっきそこで、浅葱司祭と別れたろう？　今は一人なのかな」

自分と浅葱が別れたのはホテルの前だ。あからさまな場面を見られてしまったかと、司は思わず動揺する。すると矢本は笑いながら手を振った。

「別に気にする必要はないよ。司祭と宇市君の性質を鑑みれば当然のことだ」

「そ……うなんですか」

「うん」

矢本はにこやかに頷く。

「司祭の魔女ということで、君のことは前からよく知っている。一度話してみたいと思っていたんだ。今、時間ある？」

突然そんなことを言われて戸惑う司に、矢本は恐縮したように笑った。

「いきなりこんなこと言ってごめんね。でも、君の名前は今教会の中で話題なんだよ。何しろあの浅葱司祭が見つけて手ずから育てている魔女だし、私も教会の一員としてとても興味がある。……ああ、こういう言い方は失礼だね。でも、宇市君とぜひとも一度話してみたかったんだ」

矢本には、人の懐にするりと入ってくるような不思議な力がある。浅葱とは違う種類の魅力的な男だった。

「……矢本さんは、教会でどんなお仕事を？」

「私は管理部にいる。教会の人員を管理するのが仕事だよ。メンバーの来歴とか、どういったスキルを持っているのかとか、そういったことも把握している」

司の頭の中で、何かが動いた。

「先生の……浅葱司祭のことも、詳しく知っていますか」

矢本は司の言葉に少し驚いた顔をする。司はその瞬間の、彼のためらいにも似た、それでいて自分が知っていることをこちらに教えたいとでもいうような欲求の色を見て取る。浅葱の真意は摑み損ねているというのに。

「おそらく、教会のメンバーの中では一番知っている部署にいると思うよ」

「……」

司は唇を嚙んだ。この男についていっていいものだろうか。これまでの経験からどうしても警戒心が湧いてしまう。

「いえ……、大丈夫です」

「そう」

矢本は少し名残惜しそうな顔をした。

「まあ、何か知りたいことがあるのなら、浅葱司祭に直接聞いてみるのがいいかもね。君達はパートナーなのだから」

男はそう言って司の目の前から去っていく。

呼び止めて話を聞いたほうがよかっただろうか。

司はしばしその場に佇《たたず》んだまま、男が消えた方角を見つめていた。

だが、その機会はすぐにやってきた。

司は教会から呼び出しを受けたのだ。講義が終わってからメッセージが表示されているスマホの画面を見つめる。そこには、急で悪いが本日来てもらえないかという内容が書かれてあった。できれば一人で。

（なんだろう）

とりあえず浅葱に相談しようと研究室に赴くが、今の時間は講義があるのか、彼は不在だった。

少し考えた後で司は大学を出て教会へと向かう。過激派は先日一掃されたことだし、危険な目には遭わないだろうと判断した。それに、今の自分は魔女として成長している。何かあっても一人で対処出来ると考えたのだ。

教会の東京支部に行くと、そこにはいつも話す幹部の吉川と、それからもう一人いた。

「あなたは」

「やあ、昨日はどうも」

そこにいたのは矢本だった。吉川は事情を把握済みなのか、司が椅子に腰を下ろすと話し出す。

「一人で来てくれてよかったよ。君に案件を頼もうにも、ここのところ浅葱君に邪魔されていてね。彼のいつもの気まぐれだろうが、困ったものだ」

「先生が……？」

浅葱が司に知らせずに案件を断っていたというのだろうか。

「どうも、彼は君を我々教会から遠ざけようとしているようだね。確かに以前、一部の者が君にひどいことをしたが、もうその者達はいないというのに」

「……どうしてなんでしょうか」

司の頭の中には、あるひとつの懸念があった。魔女の始祖であるリリア。それが司の中にいて、浅葱はその魂を欲しがっている。

「実は、ひとつ気になっていることがあるんです」

彼らなら何か知っているかもしれない。司はここのところの疑念を、彼らに話してみることにした。

「リリアだって!?」

「はい」

その名前を出した時、吉川と矢本は身を乗り出すような反応をしたので、司は少し驚いてしまった。そういえばその名前は教会のデータベースに登録されていると浅葱が言っていたような気がする。

「俺が気になっているのは、その――、先生が、俺の夢の中に出てきたリリアを、どうにかして甦らせようとしているんじゃないかと」

　突拍子もない仮説だとはわかっている。けれども司が度々見ている夢は、ひどくリアルなもので、その生々しさは回を増すごとに大きくなっていった。そして始祖の魔女と現代の、やっと目覚めたばかりの魔女。浅葱が欲するとしたら、どちらを選び取るのかは一目瞭然だろう。

「どう思います？」

　矢本が吉川に尋ねる。彼は首を振った。

「馬鹿な。そんな実験を本当に行うわけがない。いくら浅葱司祭だからって――。だいたい、術式さえ完成していないんだ」

　吉川は司に訴えかける。

「これは本当に信じてもらいたいんだけどね。今の教会は、本当に穏健で平和的に運営されているんだよ。君には一部の過激派が迷惑をかけたが――。だが私達が行うのは魔女の保護と研究。それは時には君達の力を借りて怪異の対処にも当たってもらうが、そんな人権を無視するようなやり方は認められていない」

「もしもリリアが目覚めたら、俺はどうなるのですか」

吉川が人権云々を持ち出すということは、おそらく司は無事ではいられないのだろう。

「……それが本当にリリアなら、おそらく君の意識は完全に呑まれる。そしておそらくは、その肉体すらも」

司はそれを聞いてもたいした驚きは得なかった。ああやはり、と腑に落ちた。

「今日、君に来てもらったのは、その浅葱君の動向を聞きたかったからなんだ」

司は顔を視線を上げて言った。

「前から思っていましたが、この組織では、ずいぶん先生は特別扱いされているんですね。先生の持っている特殊なスキルのせいですか？」

「ああそうだ。それについては、君のほうがよくわかっているだろう」

司は小さく頷いた。彼のあの、司を徹底的にサポートするための能力。浅葱のおかげで、司はずいぶん適切に力を使うことが出来た。

「他にああいう力を持った人はいないんですか？」

「いない。以前君達に関わったジェイク・アダムスという男がいたが、あれも要はただの人間だ。ごく普通の」

司はセイラムの魔女の生き残りの血を引く魔女のことを思い出した。彼の側についていた男。

司は最初ジェイクのことを夢に見たが、あれはジェイクが司の夢に侵入してきたわけではない。司が彼らのことを予知し、夢に見たのだ。それはもう司もわかっている。ジェイク・アダムスは普通の人間だ。雪春にとっては特別な男だが。

「……浅葱先生は」

司は口の中が乾くのを感じた。これまでどうして、彼の能力について深く考えようとしなかったのだろう。

「先生はいったい何者なんですか」

ミステリアスで、時にエキセントリックな浅葱。司は最初彼のことを悪魔ではないかと思っていた。それだけ自分にとって、危険な魅力を孕《はら》んでいたからだった。そのうち彼に食われてしまうのではないかと思うほどに。

「司祭は君に詳しく教えていなかったのかい?」

司は首を横に振る。吉川と矢本は、互いに顔を見合わせて困惑したような表情を浮かべていた。彼らは明らかに、司に対してそれを教えることを迷っている。

「勝手に伝えていいものか……」

「お願いします。教えてください」

これまで浅葱が司に黙っていたということは、もしかして教えたくないことなのかもしれない。

それでも、司は彼のことが知りたかった。

「……いいだろう」

吉川は決意したように口を開く。

「彼は、『魔女喰い』と呼ばれる家系の人間だ」

「……魔女、食い？」

魔女を食う。それはそのままの意味なのだろうか。

「魔女喰いは、魔女という存在が生まれた時から同時に存在していた。歴史の表舞台には一度も出て来たことはないがね――。特定の魔女に仕え、その魔女と肉体関係を持ち、手足となって働く。そして彼らは魔女から力を与えられるんだ」

「……では、先生の能力は、俺が与えたってことですか」

「そうなる。司祭は君と関係を持ち、その力を手に入れた。もっともその前から、彼は協会において一目置かれていたがね。その血筋によって」

「魔女喰いの人間は、自分の魔女を求めずにいられない。浅葱司祭が君に執着するのも、血族の本能によるところが大きい」

――――僕は司の本質を愛している。それは君が魔女であるということとは関係ない。

以前、浅葱にそう言われた。自分が魔女だから好いてくれたのかと思う司に、彼は確かにそう言ってくれたのだ。

あれは、嘘だというのか。

「では、彼が君に近づいた本当の理由も知らないんだね」

「……え？」

「魔女喰いの血族の最終目標は、リリアの復活だよ。何せ君はリリアの、原初の魔女の血を引く存在だから」

魔女の始祖。原初の魔女。それは同じことだ。

足下が崩れていく。どこか深いところに、ゆっくりと落ちていく。

浅葱とはこれまでに何度かすれ違いや誤解もあった。だがその度に気持ちを確かめ、心身ともに結びつきを固くしてきた。司はそう思っていた。

（だから今度もきっと）

きっと何か、浅葱なりの考えがあるに違いない。愛していると言ってくれた彼の言葉を信じたかった。

彼のマンションを訪れ、部屋のチャイムを押した。その癖で司だとわかったのか、扉はすぐに開けられた。

「連絡もなしにすみません」

「構わないよ。司ならいつでも大歓迎だ」

突然の訪問にも関わらず、彼は快く迎え入れてくれる。

「聞きたいことがあるんです」

玄関に佇んだまま、彼の背中に声をかける。浅葱はゆっくりと振り向いた。

「……どうしたのかな？」

浅葱は司のただならぬ様子に気づいたようだった。遠回しに聞くのはやめよう。司は思い切って、単刀直入に尋ねてみた。

「先生が『魔女喰い』の家系の人間だっていうのは本当なんですか」

彼は僅かに瞠目すると、司をじっと見つめてくる。

「協会の人間に聞いたのかい？」

「そうです」

何かの間違いであってくれないだろうか。もしも違う、と彼が首を振ってくれたなら、司はその言葉を信じたかもしれない。だが。

「本当だよ」

「……俺に近づいたのも、最初はそれが目的だったって」

「否定はしない」

まただ。また、足下から砂が崩れていきそうな感覚。萎えていきそうな両脚に、司は必死で力を込めた。そんな司を見てどう思っているのか、浅葱は続けた。

「だが今は違う。僕は本当に君自身を愛しているんだ。どうかそれは、信じてはもらえないだろうか」

「……そんなの、無理ですよ！」

浅葱のことが好きだ。彼のためなら、何をしても、あるいはされてもいいとすら思っている。

けれどだからこそ、信じることが出来なかった。

「それならどうして黙っていたんですか。先生のあの力のことだって……！」

司を護り支える能力。それがすべて、司自身を食らい尽くすものだったなんて。

「言ってしまったら、司に避けられてしまう。君に嫌われたくなかった」

浅葱が今どんな顔をしているのか、司にはわからなかった。涙で視界が滲《にじ》んでいるからだ。やがてそれは眼からみるみる盛り上がり、大粒の水滴となって頬を伝った。

「どうしたら信じてくれる？」

心底困惑しているような彼の声。ずるいと思った。そんなふうに言われたら頷いてしまいそうだ。彼の胸に飛び込んで、信じる、と訴えてしまいたい。けれどそれは出来なかった。浅葱は司に黙っていた。手の内をすべては見せてくれなかった。今までずっと隠されてきたのだと思うと、彼を信じることはできなかった。

「……時間をください。今は無理です」

踵を返し、ドアを開けて外に出る。

「司！」

自分を呼ぶ声が聞こえたけれども、彼が追ってくる気配はなかった。

あれから三日が経つ。司は努めていつも通りに生活しようと努力していた。ちゃんと大学にも行くし、講義にも出る。ただし浅葱の講義は欠席した。

食事は三食きちんと摂ろうとしていた。だが、夜は眠りが浅かったし、食べ物も砂を嚙むような味気なさだった。

「司君、大丈夫？」

よく言葉を交わす女の子が司を覗き込んで言う。

「なんだか元気ないみたい」

「失恋でもした？」

失恋。そうなのだろうか。自分と浅葱の恋はこれで終わりになるのだろうか。

「……なんでもないよ。少し寝不足なだけ」

小さく笑って彼女達に微笑み返す。申し訳ないと思いながらも足早に教室を出て、これから浅葱のところに行こうかどうか迷った。

やはり、もう一度ちゃんと話をしたほうがいい。

けれど、理性の部分ではわかっているのに、感情の部分がそれを由としない。自分ではなくリリアのほうを望んでいるともう一度言われたら、また泣き出してしまいそうだった。

それというのも、リリアはもう司のすぐ側まで来ているという実感があるからだ。寝不足なのも本当だ。最近は眠りに落ちる度に、自分がリリアになっている夢を見る。夢から覚めた後も自分が現実にいるのかそうでないのか、すぐには区別がつかない。だから眠るのが怖い。

何度か浅葱の姿を構内で見かけたが、司はその度に姿を隠していた。そして彼も積極的に司を捜し回るということはしないようだ。

このまま、あとどのくらいこんな状態でいられるのだろう。ぎりぎりとした精神のままでさらに数日が経った時、司のスマホに矢本からの着信が入った。

「――――はい」

「司君かい？　今どこかな？」

「自分のアパートです」

司は部屋の中、電気もつけずにぼんやりとソファに座っていた。そろそろ陽は落ちかけて、橙《だいだい》色の夕陽が窓の外を染め上げている。どこか毒々しいほどの色だった。

「先日のことは申し訳なく思っている。何も知らなかった君に突然あんなことを告げるべきじゃなかった」

「……いえ、いいんです。遅かれ早かれ、知るべきことでした」

そうだろうか。あのまま何も知らず、ただ浅葱に愛されていると思い込んで、そのままリリアと浅葱に食われ続けていたほうがいっそ幸せだったのではないか。自分が嘘をついているのかどうか、司にはわからなかった。

「こんな時になんだが、少し厄介なことになっていてね」

「どうしたんですか？」

「以前、君達に対応してもらった例の雑居ビルだよ。雪春達が拠点にしていた」

「あの場所が、どうか？」

司もなんとなく気にはなっていたのだ。あの場所はただでさえよい場所ではない。それなのに雪春達が魔術的に弄くった影響が出て、境界が弱くなっている感触があった。

「あの場所がまた異界化している。浅葱司祭にはこちらから連絡を入れるから、すぐに現場に向かってくれないか」

「————」

司は一瞬黙り込んだ。この状態で浅葱を前にして、きちんとした対応が出来るだろうか。司の能力はようやっと安定したばかりだ。

「君が今万全な調子ではないのはわかっている。けれど、あそこが異界化すれば、いずれ周りも侵食されていくだろう。そうなれば大きな被害が出ることはまぬがれない」

境界とは、この世と異界の境目のことだ、そこが脆《もろ》くなれば、向こう側からどんな怪異が現れるかわからない。それが何も知らない人達を狙えば、どんなことになるのか想像がつく。そしてそれは、司の責任だ。

「わかりました。今から行きます」

「――――そうか」

矢本はあからさまにほっとしたような声で言う。

「先生への連絡はお願いします」

「任せてくれ。では、頼むよ」

そこで通話は切れた。司はスマホをズボンのポケットにしまうと、両手で自分の頬をパン、と叩いて、足早に部屋を出た。


現場近くに辿り着いた時、まだ少し離れたところからでも、そこから異様な気配が漂っているのを感じた。司《つかさ》のような魔女の力がなくとも、敏感な人間であれば感じ取れるだろう。そのせいかあたりには人影がなかった。

瘴気《しょうき》に負けじと建物の中を進み。件《くだん》の部屋に入る。そこには矢本《やもと》がいた。浅葱《あさぎ》の姿はない。

「……先生は？」

「これを見てくれ」

矢本はそれには答えず、司に部屋の中心を見るよう促した。

「これは……？」

部屋の中央に、真新しく描かれたとおぼしき魔法陣があった。その上に古びた小さな台があり、そこにもっと古い剣が乗せられていた。その剣が魔法陣の内部とこの場所の異界した場所に繋《つな》がっており、そこから魔力が流れ込んでいる。

「これは、なんですか？　どういうことですか？」

司は矢本に尋ねた。彼は薄く笑みを浮かべている。警告音が司の中で鳴った。

「ようやく準備が整ったのでね」

「準備？」

その時だった。ミシッ…、と音がして、司は魔法陣のほうへ視線を向ける。

空間に亀裂が走っていた。縦に裂け目があり、そこがまるで引き裂かれたようにひび割れていく。その隙間から、白く細い指が覗《のぞ》いた。女の指だ。

女の、両手の指が亀裂をゆっくりと左右に広げようとしている。そこから見えるのは真っ暗な闇だった。

ぬっ、と人間の頭が覗き、こちらへ出ようとしていた。まず最初に頭、それから首、華奢《きゃしゃ》な肩から胴体。そして床に垂れる長い黒髪。

だが最初に見た指以外、その身体は黒く炭化していた。焼かれたのだ、と思った。

「リリアだよ」

おぞましい光景に硬直している司に、矢本は淡々と告げる。

「だが見ての通り、彼女が復活するにはまだ足りない。器だ。しかし誰でもいいというわけじゃない。彼女の血脈を受け継いでいるものでなければ」

その時だった。魔法陣の中から髪が伸びてきて、司の手足に絡みつく。自由を奪われた司は暴れたが、ビクともしなかった。

「矢本さん！　これはどういうことですか！」

司が叫ぶと、矢本は口元に引き攣《つ》ったような笑みを浮かべた。

「魔女喰いの血族は、何も浅葱司祭だけじゃない」

彼は司に向かって告白し始めた。

「私の家系だってそうだ。遙《はる》か昔に遠い欧州で、私の先祖は魔女に仕えていた。魔女から愛され、力をもらっていたんだ」

だが時代も場所も移り変わり、血は薄められ、矢本はごく普通の人間となった。浅葱のような能力を持つ人間は本当に希《まれ》だ。

「魔女に影となり日なたとなり寄り添ってきたのは私達だ。それが、なんの力もない凡庸な存在と扱われる。協会は何もわかっていない」

おそらく矢本は、自分の家系のルーツを知り、その特殊性にひどく高揚したのだろう。魔女という存在に関心を持ったのは浅葱と同じだが、運命はこの現代においても尚魔女喰いとして生きていきたい矢本にそっぽを向いた。その特殊な能力も、濃い血の顕現も、すべて浅葱に引き継がれた。

多分協会には、そういった『魔女関係者』は矢本や浅葱だけではないのだろう。だが今の時代を生きる彼らの大多数は、普通の人間として生きることを由としている。

「普通の人として生きられるなら、それに越したことはないです」

「君のような才能溢《あふ》れる魔女にはわからないだろうよ。人を超えた力を持ち、今なら火炙《ひあぶ》りにされることもない」

矢本は特別な、何者かになりたかったのだろう。そういった人間にとって、浅葱のような男は鮮烈な嫉妬の対象として映ったに違いない。

「リリアとなった君を手に入れれば、協会の人間も私を見直さざるを得ないだろう。私のほうが浅葱などよりもずっと希有な存在だと」

「あなたにリリアとなった俺を御せるとは思えない。俺はあなたの魔女にはならない」

司は首を横に振り、きっぱりとそう告げた。

浅葱だからだ。浅葱だから司は惹《ひ》かれたし、魔女として成長しようと努めたし、どんな淫《みだ》らなことも受け入れた。

「そうだね、問題はそこだ」

矢本は、そんなことはわかっているというように頷《うなず》く。

「君とリリアの自我については、残念ながら私も御し切れる自信がない。悔しいことだがね」

だが、と矢本はポケットから何かを取り出す。それは小さな黒いケースだった。蓋《ふた》が開けられ、その中に入っていたものを目にして、司は眉を顰《ひそ》める。

「協会の資料保管室から拝借してきた。君の自我を弱めるための魔道具だ」

渦《うず》を巻く小さな貝殻のようなそれは、矢本の掌の上でもぞ、と動いた。

「ヤドカリみたいだろう?」

瞠目《どうもく》した司の反応に、彼は満足したようだった。

「不思議なことに、動くけれどどこれは生きているわけではないんだ。過去の魔女喰いが作った、魔女に言うことを聞かせるためのものだよ。大変貴重なものだ。これを君の耳の穴から入れると、脳を支配して判断力を鈍らせてくれる。なに、ぎりぎり日常生活は送れるから、心配しなくていいよ」

自分の手に余る魔女を支配したい魔女喰いは、こういった道具を使って魔女を手に入れていたんだよ。矢本の説明に、司は奥歯を食い締めた。どうにかここを切り抜けなければならない。あんなものに寄生されて自我を失うなど冗談ではない。

浅葱は時にすごく強引なことをしたけれども、司の意志を奪おうとしたことなど一度もなかった。

「……っ」

ちらりと自分の手足を拘束している魔女に目を見やる。炭化したままの身体を苦しそうに震わせ、それでも司を逃がそうとはしなかった。

――――可哀想に。

「こんなことをしても何も意味はない。意志のない魔女を手に入れて、それであなたは満足なんですか！」

「満足だとも。とりあえず、最強の魔女を手に入れることが出来る」

「――――っそれは！」

「その魔女はリリアではないよ」

突然その場に割って入る声があった。司と矢本は同時に部屋の入り口を見る。

「先生……！」

「浅葱司祭！」

入り口の前には浅葱が立っていた。

「司。君もわかっているんだろう。早く拘束を解きなさい」

浅葱に促され、司は黒焦げの魔女を見る。

「ごめんね」

次の瞬間、司の手足を拘束していた髪が燃え出した。黒焦げの魔女は悲鳴を上げ、司から逃れるように身を引いた。焼け爛《ただ》れた顔を隠す髪の間から怯《おび》え切った目が覗く。

「向こうへお帰り。二度も焼かれたくはないだろう？」

夢の中で何度かリリアの魂に接していた司にはわかっていた。この魔女はリリアではない。無慈悲に殺されてしまった名もなき魔女の中の一人だ。未だ転生も出来ず、幽界を漂っていたところを強引に捕まえられ、無理やり現世に顕現させられればこんな姿になってしまう。

「――――……」

魔女は司をじっと見つめ、こくんと頷いた。それからゆっくりと裂け目の中に戻っていき、姿が見えなくなる。宙に浮いた亀裂は徐々に閉じられていき、やがて何も見えなくなり、そこには折れた剣と魔法陣だけが残された。

「ば…馬鹿な、そんなことが……！」

「お前程度ではリリアを喚《よ》び出すことなど不可能ということだな。儀式用の剣まで持ち出し、破壊したとあっては協会に間違いなく処分されるだろう。ここで僕に制裁されないうちに、とっとと逃げ出すといい」

氷のような冷ややかな浅葱の声。これは間違いなく彼の一面でもあるのだろう。騙されたにもかかわらず、浅葱に容赦なくやり込められる矢本を見ていると、なんだか可哀想にも思えてきた。

「う……く……クソっ……！」

矢本の顔が悔しそうに歪められる。彼は懐からナイフを取り出すと、何かを喚《わめ》きながら浅葱に向かって突進していった。

「あっ」

司は一瞬息を呑《の》んだが、そもそも浅葱がそんなことで遅れを取るはずもない。彼は僅《わず》かな動きで矢本の刃を躱《かわ》すと、逆にその腕を捕らえて捻《ひね》り上げた。

「馬鹿なことはしないほうがいい」

「うわあっ」

いとも簡単に転がされてしまった矢本は、自分と浅葱の間の格の違いを再三思い知らされてしまったのだろう。あまりの無力感にしばらく呻《うめ》いていたが、やがて立ち上がるとよろよろと部屋を出て行った。後には浅葱と司だけが残される。

「司」

「……先生」

きっと叱られる。浅葱を避けていたのは自分のほうだ。そのせいで、いらぬトラブルに巻き込まれることとなった。浅葱がかつかつと靴音を響かせ、足早にこちらに歩み寄ってくる。司はびくりと身を竦《すく》ませた。

「司、――すまない」

「せんっ……」

「僕のせいだ。あんなことを言わなければよかった」

抱きすくめられ、そんなふうに言われて、司は瞠目した。衣服越しに浅葱の体温が伝わってくる。このぬくもりがどれだけ恋しかったろう。

「先生、俺……、いいんです」

これまで悩んでいたことが馬鹿みたいだと思った。自分の気持ちなんてとっくに決まっていたというのに。

「生け贄《にえ》になってもいいんです」

そう告げた時、浅葱の肩が強張ったような気がした。

「リリアが復活するには生け贄が必要なんでしょう？　先生が俺に言ってくれた言葉は嘘じゃなかったと思うし――、俺、先生の望みを叶えてあげたい」

司自身が好きだという言葉も、リリアを手に入れたいという望みも真実なのだろう。人は矛盾を孕《はら》むものだ。それを誤魔化さず、正直に答えてくれた浅葱は誠実な男なのかもしれない。

「司、それは違う」

浅葱は司の肩を摑《つか》んで顔を覗き込むと、目を合わせて言った。

「今の僕は、リリアの復活を望まない」

「でも」

「聞くんだ。確かに以前はそんなことを考えていたこともあった。だが、君と愛し合っていくにつれて、君自身のほうが大事になっていった。今となってはどうしてあんなことを考えていたのか理解できないくらいだよ」

「……」

司は何も言えずに浅葱を見つめた。

「……いつから？」

「うん？」

「いつから俺のほうが大事だって、思ってたんですか？」

「君を初めて抱いて、少ししてからかな」

「――――それじゃ、もうほとんど最初からじゃないですか」

「そういうことになる」

浅葱は堂々と言ってのけた。

「だって、ずっと昔からの悲願だったんじゃないですか。それをそんな、一度、そうなっただけで……」

「そう言われても、実際に君自身を好きになってしまったんだから仕方ない。おまけに君も僕を好きだと言ってくれた。他に何を望む？」

とは言っても、と浅葱は続ける。

「君に信じてもらえなかったことは僕の不徳の致すところだ。もう一度言う。僕は君以外の魔女を望まない。だから、君がリリアに取り込まれないように防護作を講じておいたんだが」

「……？」

「君が寝ている間にね」

「……あ」

そう言われて思い当たったことがあった。

以前、司が寝ている時に、浅葱が司の身体に香油をかけ、何かを描いて儀式めいたことを行ったことがある。

「もしかして起きていたかい？」

「……あれは、逆だと思っていました。俺がリリアの器としてちゃんと機能するようにする魔術なのかと」

正直にそう告げると、浅葱は困ったような顔をした。

「やれやれ。僕は本当に信用がないとみえる」

「すみません……」

「いいさ。自業自得だ」

「でも、それならそうと言ってもらえたら」

「君を不安にさせたくないと思っていたんだが……」

「いきなりあんなことをされるほうが不安になります」

「そうか。すまない」

素直に謝罪する浅葱を前にしていると、司は呆れつつもまあいいか、という気持ちになる。自分もたいがい、彼に絆《ほだ》されているのだ。そしてそれを自覚すると、今度は浅葱に対するどうしようもない情欲が込み上げてくる。自分の本質を思い知らされるのはこういう時だ。淫蕩《いんとう》で、奔放な魔女。

「司」

再び浅葱に抱きすくめられ、司は思わず息を呑んだ。

「僕がどんなに君を愛し、君だけを欲しているか、よくよくわかってもらう必要があるようだ」

「あ……」

そして彼はこういう時の司を決して見逃さない。

「それを今晩一晩かけて、たっぷりわからせてあげよう」

熱く甘い情事への誘いを耳に吹き込まれ、膝が震えてしまう。

「せ……せんせい」

「ん？」

恥ずかしさを堪《こら》えて、司は彼に懇願した。

「はやく、連れていってください。でないと……」

その先の言葉は彼の耳元に囁《ささや》く。浅葱はそれを聞くと、ひどく嬉しそうに司の腕を摑み、足早に部屋を後にした。

連れてこられた浅葱の部屋で、シャワーを浴びるのももどかしく、二人は寝室に引きこもる。

「ん、ふ、う……っ」

口を深く合わせると、やや性急に浅葱の舌が這入《はい》り込んできた。従順に差し出した舌を思う様吸われ、しゃぶられて、快感に肩を震わせる。興奮のあまり目尻に涙が浮かんだ。

「は、あ……う」

「もっと舌を吸わせてくれ」

司は言われるままにピンク色の舌を突き出して絡ませ合った。背中にぞくぞくと快感が走って口づけしながら喘《あえ》いでしまう。するとふいに腰の奥がきゅううっと収縮し出して、司は自分の肉体の反応に焦った。

「んっ、あっ、あっ！」

下半身からじゅわあっ、と快感が広がる。足の指がぎゅうっと内側に丸まって、司は自分が達してしまったことを知った。

「……イってしまったのかい？」

「や、あっ、ああ……っ」

隆起した股間のものの先端からとろとろと白蜜が滴っている。口づけだけで達してしまったことが恥ずかしくて、司は腕で自分の顔を隠そうとした。

「ご…ごめんなさい」

「謝らなくていいし、隠さなくてもいい。それだけ感じてくれたってことだろう？　嬉しいよ」

思わず身を捩《よじ》った司の背後から抱きしめ、浅葱は首筋に音を立てながら口づけてきた。身体のどこもかしこも敏感になってしまって、司の口から淫《みだ》らな喘ぎが漏《も》れる。

「ん、あっ、あ」

「可愛いよ……。今日は朝まで可愛がってあげよう」

そんなにされたら、どうなってしまうかわからない。けれど司は彼のその言葉に間違いなく歓喜していた。きっとどろどろに蕩《とろ》けるまで愛されてしまって、正体もなくなってしまうに違いない。

後ろから抱き込まれ、胸の上でつんと尖った胸の突起を指先で摘まれる。かりかりと引っ掻《か》くように、弾くように愛撫されて、そこから痺《しび》れるような快感が込み上げてきた。

「固くなっている。いやらしいね」

「んあっ、ああ……っ、あっ、あっ……」

感じやすい乳首はすぐにぷっくりと膨らみ、浅葱の指嬲《なぶ》りで卑猥《ひわい》な色に染まる。こりこりと揉《も》まれるように虐《いじ》められて、気持ちよさに喉《のど》を反らした。

「は……、ああぁぁあ……っ」

「気持ちいい？」

我慢できない刺激に、司はこくこくと頷く。だらしなく開かれた口の端から唾液が零《こぼ》れた。

「あ…っいい…っ、す…、好き、乳首きもちいぃ……っ」

「そうか。じゃあ今度は乳首でイってみようか？」

「あっ、や、やだ…あ、ちゃんと、ちゃんとイかせ…て……っ」

性器か後孔以外の場所で達すると、いつまでも絶頂が長引いてしまうみたいで身体がもの凄《すご》く切なくなる。だから苦手だと言っているのに、浅葱は度々司をそうやって虐めた。

「後で前でも後ろでもうんとイかせてあげよう。だから少し我慢だよ」

「や、あぁあっ、あっ、あ、我慢、できない…ぃ、んんっ、それ…えっ」

乳首の中心に快感の芯のようなものがあって、そこを押し潰すようにされると、腰の奥がひくひくとわななく。司の肉茎は濡れながら反り返り、今にも弾けてしまいそうに震えていた。腰が勝手に蠢《うごめ》いてしまう。

「うぁ、ああっ、だ、め、も、あっ、い、いく、いく……ううっ…！　〜〜〜っ！」

きゅんきゅんと恥知らずな快感が込み上げてきた。司はがくがくと身体を揺らしながら達してしまう。肉茎の先端から白蜜がびゅる、と噴き上がった。

「いい子だね。ちゃんとイけた」

「ふぁぁん、あ、あ……っ」

まだ勃起している乳首を宥《なだ》めるように優しく撫でられ、司はびくびくと身体を震わせながら喘ぎ続ける。肩や首筋に優しく口づけされる感覚もたまらない。

「司、可愛い、好きだよ……。もっとめちゃくちゃにしたい」

「んん、あっ、せん、せいっ……！」

浅葱がそう言うと本当にめちゃくちゃにされるので司は半ば怯えてしまうのだが、同時に待ち望んでいる自分もいた。いっそ理性が吹き飛ぶほどに感じさせられ、泣き喚くほどの快感に責め立てられたい。

「お待ちかねのここを可愛がってあげよう」

「あ」

両脚を大きく広げられた。司の喉が羞恥と期待にひくりと動く。そして、ずぶ濡れになりながらそそり立っているものを口の中に深く咥《くわ》えられた。

「ああっ、んん――――っ」

強烈な快感が身体の中心を貫く。刺激に特に弱いそれは、彼の口の中で思う様しゃぶられ、吸われてしまう。快楽の強さに思わず逃げをうってしまう腰を押さえつけられ、裏筋を舌で何度も擦《こす》られた。

「ああふうっ、あっ、あ…っ、ああっそこっ、い、いく、うう……っ」

「いいよ、イって。君の精を飲ませてくれ」

「やっ、あっ！　だ…め、そん、な…っ、あーっ出るっ、いくうう……っ！」

双果を指先で優しくくすぐられながら吸われると、もう駄目だった。シーツから浮かせた背中を痙攣《けいれん》させながら、身体の中心が引き抜かれそうな快感に啼泣《ていきゅう》する。

「ああっ、あああぁぁああ」

意識が一瞬飛ぶ。腰から脳天まで突き抜けるような絶頂感に全身が甘く痺《しび》れた。浅葱の口の中に思い切り白蜜を放ってしまうと、それが音を立てて飲み下されていく。

「はう、うっ、あ、あ…っ」

司が達しても、浅葱は舐《な》めるのをやめなかった。ぴくぴくと震えるものにゆっくりと舌を這わされ、その刺激に喘いでしまう。

「魔女の蜜もまた、魔女喰いには必要な糧なんだよ。もっと吸わせてもらうよ」

「あっはっ、あんん……っ、や、イった……ばかり……っ」

過敏になっているそこをなおも口淫される甘い苦悶。司は嫌々と首を振るが、下半身にはまったく力が入らなかった。懇々と愛液を溢れさせる先端を舌先でくすぐるように虐められて、がくん、がくん、と腰が跳ねる。

「あ、あ、ひ――……いぃ……っ」

下肢が熔ける。先端をまたねっとりと口内で包まれて、腰骨が砕けるかと思った。

「んあぁ、あ……っ、き、きもちぃ…っ、ああぁっ、とけるうぅ……っ」

浅葱はたっぷりと時間をかけて司のそこを舐め、しゃぶり、愛蜜を延々と啜《すす》った。司はもう何度も絶頂に追い上げられ、その度に喉を反らして泣き声を上げる。

「んくうぅ、あ、もうっ、ゆ、ゆるしてっ……、そこ、も、舐めないでぇ……っ」

「もうここを舐められるのが嫌かい？」

「だ、だって、気持ち、よすぎて、も、変に、なるっ……」

息も絶え絶えに訴えると、浅葱は濡れた口元を歪めて、ふっと笑った。

「じゃあもう少し舐めようか」

「あ――…っやだっ、あっ、あっ、んん～～っ！」

じゅうっ、と音を立てて吸われて、また意識が真っ白になる。いく、いく、と譫言《うわごと》のように垂れ流しながら、司はもう何回目かもわからない極みを迎えさせられた。啜り泣きながらはあはあと胸を喘がせていると、ふいに双丘を奥までぐっ、と広げられる。両脚がさらにひどく持ち上がった。

「あっ、ああっ!?　……んんあぁぁあ…っ！」

ヒクつく肉洞の入り口にぴちゃりと舌が押しつけられる。肉環にねっとりと舌を這わされ、今度は種類の異なる快感が込み上げてきた。腹の奥がずくずくと煮え始める。

「そ、んなとこ…っ、あっ、舐め、たら……っ」

「ここは僕を受け入れる大切なところだよ。うんと蕩かして柔らかくしないと」

「やっ、やっ、もうっ…ああぁっ……！」

浅葱は司が噴き上げた白蜜を舌で中に押し込めるように肉環をこじ開けてきた。そうされるとずん、と重たい快感が込み上げて、司の内股にさざ波のように痙攣が走る。

「あっ、あ…っ、はあ、あ……っ、し、舌、入れな……っ」

舌が届く限りの肉洞を出し入れされると、身体中が痺れてしまいそうになった。

「んあぁっ、せんせいっ、そこ、だめ、だめぇえ……っ」

「司の『嫌』と『駄目』ほどあてにならないものはないからね……。ほら、こんなに嬉しそうにひくひくしている」

浅葱の言う通りだった。彼に恥ずかしいことをされればされるほど、身体が勝手に燃え上がっていく。そして決して嫌なわけではなくて、司自身もひどく興奮を覚えていた。ただ、否定の言葉が勝手に漏れてしまうのだ。

浅葱の巧みな舌が、ひっきりなしに収縮を繰り返す司の肉環を犯していく。じくじくと疼く快楽に悶《もだ》える司は、たまったものではなかった。早く、ここを熱く逞《たくま》しいもので満たして欲しい。

「あっ、ああっ、ほ、ほしいっ、せんせえっ、欲し……っ」

「ここにどうして欲しい？」

くちょくちょと入り口付近をくじられ、司は腰を浮かせた。

「いれて、挿《い》れてくださいっ……、先生のっ、おく、までっ……」

「……いいよ。奥の奥まで可愛がってあげよう。君が根を上げてもやめてあげない。僕がどんなに司のことを愛しているのか、わからせてあげないとね」

「……っ」

その言葉に期待とおののきで震えてしまう。浅葱はそんな司を愛おしむように太股を撫で上げ、今まで舌で嬲っていた場所に自身の先端を押しつけた。

「あっ、あっ」

挿入の予感に、肉洞の奥がきゅうきゅうと締まる。そして凶暴な彼のものが、司の肉環をこじ開けてぬぐ、と這入り込んできた。

「あ——あ、あ——……っ」

内壁を一気に擦られる感覚に耐えられず、司はその瞬間に達してしまう。ようやっともらえたものを味わおうと、媚肉が浅葱のものに絡みついて締め上げた。そうすると、彼の男根の形がはっきりと感じ取れる。

「お、おおきい……っ、あ、ああ…っ」

「司が可愛いからだよ」

浅葱は深く自身を収めたまま、肉洞の収縮を楽しむように少しの間動きを止めていた。司は快楽にびくびくと身を震わせている。

「動いていいかな?」

「ま、待って、くださ、まだ…っ」

まだ絶頂の余韻が去っていない。この状態で動かれたら、きっと到底受け止め切れないほどの快感がやってくる。そしてもはや淫蕩の本質を露わにし始めている自分は、そうなった時にどんな痴態を晒《さら》してしまうのか、手に取るようにわかってしまっていた。

「気持ちがいいのなら止めなくてもいいだろう?」

浅葱が緩く腰を動かし、司の中を突いてくる。それだけの動きでも、腹の奥にじゅわあっ、という快感が走った。

「あん、んんんっ」

司は喉を反らして喘ぐ。浅葱はゆっくりと自身を入り口近くまで引き抜くと、またずぶずぶと内奥まで沈めてきた。その度にじっくりと肉洞を刺激され、たまらない。

「あっ……、あっ……、ああぁあ…っ、や、あ、ゆっくり、するの…っ、だめ、です……っ」

感じる粘膜がずっときゅうきゅうヒクついている。浅葱が抽送する毎に、司は絶頂近くまで追い上げられていた。

「……素晴らしいよ、司。君の中はなんて情熱的なんだ」

「ああっ、ああっ、そこぉ…っ！」

浅葱の張り出した部分で弱い場所をごりごりと抉《えぐ》られ、正気を失いそうに喘ぐ。

「そ、こ、虐めてっ…、いじめてぇ……っ」

理性の殻が剝《は》がれ落ち、司の淫蕩な本性が露わになる。もっと嬲って欲しいと訴える司に、浅葱はふ、と口の端を上げて笑った。

「僕は可愛がっているんだよ。ほら、こんなふうに……」

「あああんんっ」

ぐちゅん、と強くぶち当てられ、身体の真っ芯を強烈な快感が貫く。司はまた達してしまい、互いの腹の間でそそり立っている肉茎の先端から白蜜が迸《ほとばし》った。

「あっ、ああぁあっ、イく、いくいくうう……っ！」

びくん、びくんと上気した肢体を波打たせながら司は鳴く。身体中が燃え上がって、今にも火を噴きそうだった。浅葱のものは奥へ奥へと進んできて、やがて司の秘密の入り口まで辿り着く。

「あ、あ…っ、そこは、そこは、だ、め…っ！」

「嘘はよくないよ。司のここが、僕に吸いついてきている。とても可愛いよ……」

とちゅ、とちゅ、とまるでノックするように彼の先端が司の最奥の入り口を突《つつ》く。

「ぅあ、あんっ、ああっ」

優しく突かれる度に、腹の奥で快感がぐつぐつと煮えたぎるようだった。ここをぶち抜かれたら、どんな気持ちいいことだろう。

「司……、僕を迎え入れてくれないか？　お願いだ」

「んん、んう……っ」

懇願するようにねだられ、口を吸われる。強引に入ろうと思えば出来るくせに、彼はあくまで司に決定権を委ねるのだ。年上の男であるはずの浅葱が、こんな時とても愛おしくなる。

「……先生、いい……、ここ、こじ開けて……」

奥まではいってきて。

息も絶え絶えにそう訴えると、浅葱は司の額や頬、鼻先に口づけてきた。そしてぬぐっ、と腰を推し進めると、司の最奥がくぱり、と口を開ける。

「――――〰〰っ」

声にならない嬌声《きょうせい》が反った喉から迸った。どちゅどちゅと奥の媚肉を捏《こ》ね回されてしまい、許容量を軽く上回る快感が襲ってくる。

「あぁあっ、ああ――っ、あっ」

次々と絶頂が押し寄せてくるような感覚。司は恍惚となり、無意識に自分から腰を揺らしていた。繋ぎ目は熱く泡立ち、白濁した粘液が尻に伝い落ちる。

「……君の中をここまで犯せるのは僕だけだよ、司……」

「あっ、んぁあっ、せ、んせ、あっすきっ、すきぃぃ……っ！」

もはやわけもわからなくなった司は、身体と心が昂《たか》ぶるままにあられもない言葉を垂れ流した。浅葱が深く体内に押し這入ってくる毎に、彼の熱さを思い知らされる。そこから溶け合って、ひとつに混ざり合ってしまうような。

「ここをこねこねされるの、気持ちいいかい？」

「ああんっ、ひ、う、き、きもちぃぃ……い…っ！」

さっきから股間のものの先端から、白蜜が止まらない勢いでびゅくびゅくと噴いている。

「や、あ、も、漏れる…ぅ…っ」

「漏らしているわけじゃない。これは潮だよ」

恥ずかしいね、とからかわれて、司は泣きじゃくる。自分の身体がどうなっているのかよくわからなかった。

「司、司……、僕も出していいかい？」

「あっ、う…んっ、だ、出してっ……！」

もうすぐ彼の精で満たしてもらえる。そう思うと歓喜で全身がわななく。最後の抽送で柔らかい肉を執拗にかき回され、その快感に司は泣き叫んだ。やがて浅葱のものが内部で大きく脈打ち、司の最奥にたっぷりと白濁を叩きつける。

「ひあ、ん、――――～っ、～っ！」

「ぐ、――っ」

びく、びくと汗に濡れた身体が痙攣した。媚肉を浅葱の精で濡らされ、そこからもじくじくと快感が込み上げてくる。気持ちいい。頭の中は、もうそのことしか考えられない。

「は、あ、ア……っ」

「ふう……っ」

最後の一滴まで注ぎ切り、しばらくの間その体勢のまま動けなかった。だが浅葱がようやっと顔を上げると、司の身体が脱力する。

「……素晴らしかったよ」

「あ、ン……っ」

浅葱は賛辞と共に司に口づけする。終わった後、彼はいつも司を褒めてくれた。多幸感が込み上げ、まだじんじんと痺れる手足を投げ出す。中からずるり、と浅葱のものが抜かれて、背筋にぞくぞくと快感が走った。

「後ろを向いて」

「え、あ…？」

体勢を変えられ、司はまだ行為が終わっていないことに気づく。

「ま、まっ…て、先生、少し、休ませ……っ」

「駄目だよ」

露わになった首筋や背中に音を立てて口づけながら浅葱は言った。司は思わずシーツを握りしめ、過敏になっている身体をびくびくと震わせる。

「今日は司にわからせてあげないといけない。僕がどんなに君を愛しているかをね――」

うつ伏せに横たわった司の双丘が開かれ、精液と愛液でどろどろに蕩けた後孔が露わになった。まだヒクつくそこに男根の先端が押し当てられ、ゆっくりと挿入されていく。ぞくんぞくん、と全身が快楽にわななないた。

「あぁ、くう、ん、んん――……っ」

何度も極めておかしくなってしまった身体にまた容赦のない、甘く重い責めを与えられる。司は背を反らし、ぶるぶると喉を震わせながらよがった。上からがっちりと覆い被さられているので、どこにも逃げ場がない。浅葱の与える快楽を、すべて味わわされる。

「さっきのように全部呑み込んでもらうよ。そら――」

「あっあっ、んんん――……っ！　い、いいっ、ああ、いいぃ……っ！」

内壁を擦られ、捏ねられる快感に司は啼泣した。根を上げてしまいたいのに、もっともっとと身体が求めてしまう。浅葱にもたらされる感覚を、熱を、質量を悦《よろこ》んでしまう。腰を淫らに蠢かせ、自らの股間のものをシーツに擦りつけて刺激した。

「き、もちいぃ…っ、あ、あ」

「いい子だね、司……。さあ、もっと感じてごらん」

浅葱の両手が前に回り、乳首を摘まんでくる。こりこりと転がされて虐められ、全身が痺れていく。

「あぁ――あっ！　ゆるして、許してっ…！」

あまりの快楽の大きさに耐えられず、司はとうとう許しを請うた。

「駄目だよ」

けれどそれに返る答えはやんわりとした拒否だった。わかっている。ああ……、と、甘い嘆きに長いため息をついた司は、それから夜が白むまで、浅葱の凶暴な愛に鳴かされるのだった。

窓の外はもう昼の世界を迎えてはいたが、遮光カーテンが閉じられた寝室は未だ夜のままだった。司はたっぷりと愛され尽くした身体をベッドに投げ出し、浅葱と共に泥のような眠りを貪《むさぼ》っていた。

ひたり。

寝室の外の廊下から、密かな足音がする。

ひた、ひた、ひたり。

それは玄関のほうから、ゆっくりとこちらに近づいてきていた。

(う……)

司の眉が寄せられ、夢の淵を漂っていた意識が浮上する。本能が早く目を覚ませと訴えていた。

ひたり。

「――――!」

ぱちり、と目を開く。鳥肌が立っていた。ふと気がつくと、隣に寝ている浅葱も目を開け、部屋の外に耳を澄ませているようだった。

「せん――――」

司が口を開いた時、彼はしっ、と口の前に指を立てた。その時だった。寝室の扉が音もなく、ゆっくりと開いていった。

何が来たのか、司にはわかっていた。あの雑居ビルで見た魔女とは格が違う、と思わせるその気配。

扉の前に、女が立っていた。

司はこの女性を知っている。白い顔に長い黒髪。どこか無垢さが混ざる淫蕩さを感じさせる美しい姿。原初の魔女。

――――リリアだ。

彼女はまるでそこに普通に存在するように、確かな質感を持って立っていた。ただその輪郭だけが、周りの空間と微かに滲《にじ》んでいる。

浅葱は上体を起こし、その腕を護るように司の前に出した。同じように身体を起こした司の背に、ひんやりと冷たいものが走る。

リリアはこちらを見たまま表情を動かさなかったが、ふいに笑みを浮かべた。

「どうして拒む？」

いつか夢の中で聞いたのと同じように、その声は鈴を転がしたように清廉だった。

「それは私の器。抗うことなく私に渡せば、すぐにでも復活できるのに」

「――――残念ながら」

それまで黙っていた浅葱が初めて声を発した。

「僕は彼自身がいいんだ」

「最初に望んだのはお前だぞ」

「そうだな。申し訳ない」

浅葱は苦笑した。

「彼を手に入れた時から、こうなることはわかっていた。これは僕の責任だ。リリア、あなたには永遠に眠っていてもらいたい。恨み言は僕が地獄に行った時にいくらでも聞かせてもらおう」

それを聞いたリリアは鼻白んだような表情を浮かべる。

「勘違いをするな」

その瞬間、リリアの身体から凄《すさ》まじい威圧感が放たれる。司は息が止まりそうになった。窓がビリビリと音を立てて震える。浅葱だけがただ平然とリリアを見つめていた。

「それが我が血を受け継ぐ器だということは最初から決まっていたこと。お前の意志など関係ない。私はいずれこの世界に復活する。――――国は違えど、ずいぶんと生ぬるい世になったものだ。これなら思う様生きのいい男を貪れるというもの」

「司の身体を使ってそんなことはさせない」

「では、止めてみるがいい」

リリアはいっそ無邪気に、悪意たっぷりに笑った。

「そやつは私の器である以上、いささか欲深い。早く私を受け入れないと、そこらじゅうの男がそこらに群がっていくぞ？」

「……なに」

浅葱はそこで初めて反応を見せたが、リリアはその瞬間にはもういなくなってしまった。司の身体から一気に力が抜け、まるで呪縛が解けたように大きく息をつく。

「……先生、今のは」

「ああ」

浅葱は苦々しく言った。

「ついに僕達の前に姿を見せるまでになったか」

「彼女はもともと俺の中にいたってことですか？」

「違う。君はリリアの遠い血族として魂の一部で繋がってはいた。だが、僕が君を魔女として目覚めさせてしまったせいで、確実に紐づけてしまったんだ」

以前、司がリリアの夢を見た時、その時に向こうが『道』を見つけたのだと浅葱が言っていたのを思い出す。あの時は夢の中だったが、今は目の前に現れてきた。それがどういうことなのか、考えると背筋がざらつく。

「心配はいらない」

浅葱の手が肩に回され、そっと抱き寄せられた。

「君をリリアには渡さない。絶対に守ってみせる」

「――――先生」

司はそんな浅葱を見上げる。

「少し前まで、俺はリリアのことが怖かった。今も、乗っ取られてしまうんじゃないかって不安になります。でも俺が魔女として生きていくのなら、自分で決着をつけないといけないと思うんです」

「――――」

「先生は、俺のことを魔女として目覚めさせたから自分のせいだって思っているかもしれませんけど、そうじゃない。俺が自分で魔女として生きるって決めたから」

「司……」

浅葱は驚いたように司を見た。だがやがて彼は苦笑するような表情を浮かべる。

「そうだったね。君はとても強い子だ。そして僕は、そんな君を愛したんだ」

「わっ」

浅葱にベッドに押し戻されて、司は驚いて声を上げる。

「二人で戦おう。君をリリアの生け贄にはさせない」

「……はい」

どう考えてもこんなことをしている場合ではないというのに、司もまんざらではなかった。ずいぶん図太くなったものだと、彼の口づけを受けながら思う。

「どう落とし前をつけてくれるんだ、吉川《よしかわ》。この組織にはもう、平和的な奴しかいないんじゃなかったのか」

まるで極道のような台詞《せりふ》を吐きながら、浅葱は目の前で恐縮している協会の職員を詰めていた。

次の日に司を伴って協会の支部を訪れた浅葱は、吉川を呼び出すと憤りを隠すことなくそれまでの経緯を説明した。

「私もまさかこんなことになるとは……。でも、儀式は失敗したのですよね？」

「矢本の術式があまりにお粗末で、ぜんぜん見当違いの魔女を召喚したまではよかったが、その後に本物が出て来た」

「……司君の夢ではなく、顕現したということですか？」

「受肉までは至っていない。だがこのままだと、その可能性は否めない」

浅葱の言葉を聞いて、司は掌を握りしめる。

「俺は、易々と自分を明け渡す気はありません」

そう告げる司に、吉川は少し驚いたようにこちらを見た。

「……確かに君は、今現在、教会の中においても最も優秀な部類の魔女だ。こんな短期間で飛躍的な成長を遂げている」

だが、と吉川は続けた。

「それもやはり、リリアの血筋がなせる技なのだろうね」

司はぐっ、と言葉に詰まってしまう。それを言われるとどうにもならない。だがそこで浅葱が言った。

「それはたいして関係がない。司の魔女の能力は、彼自身が努力して得たものだ」

「……先生」

「彼の『魔女喰い』が言うんだ。間違いはないよ」

「しかし司祭は、その血筋に捕らわれているように見えますが」

「僕は僕の意志で動いている。血脈がどうであれ、何も問題はない」

吉川はやや呆れたように肩を竦めた。浅葱の言うことは時々筋が通っているのかそうでないのか、わからないことがある。確かなのは、彼が心からそう思っている、ということだけだった。

彼は彼のルールで生きている。

「というわけで吉川、『零番資料室』を開けてもらいたい」

「零番ですか⁉　あそこは滅多なことでは……。支部長の許可を得ないことには開けられません」

「リリアに関する資料はあそこに一番多くある。だが支部長には言うな。このまま司をリリアに明け渡し、その結果を観察したいなどと言うに決まっている」

それを聞いて吉川は黙った。その通りなのだろう。

「人道的な組織が聞いて呆れる」

「おっしゃる通りです。……しかし、これほどの大きな事象を前にすれば、解明したいと思うのは研究者として仕方のないことでしょう」

「それは理解できる。僕もこれが司でなければそう思ったろう。だが、生憎と彼は僕の魔女なのでね」

浅葱はこれ以上ないほど堂々と自分本位なことを言う。吉川は困り果てた顔をしながらも、零番資料室のカードキーを用意するのだった。

「この支部には、いくかの資料室がある。一番から七番まで分かれていて、七番がそのあたりの図書館や本屋にもあるレベル、そして数字が若くなるほど秘匿性が高くなっている」

薄暗い地下の廊下を進みながら、浅葱は司にそう説明した。手には半透明のカードキーを持っている。

「一番資料室には、実際の儀式に使われた魔導書や道具などが保管されている。零番には、昔実在した魔女の記録に関するものが多い。特異性が高いので秘密にされているのさ。そして零番は一番資料室から入る」

「……吉川さん、先生にカードキーを渡したことがバレたらどうなるんですか」

「まあ教会を除名されるのは間違いないだろうな」

「そんな、可哀想じゃないですか！」

「……司、僕以外の男のことを心配するのかい？」

「そういう問題じゃないです」

拗《す》ねたような顔をする浅葱にきっぱりと言うと、彼はばつが悪そうに肩を竦めた。

「だって背に腹は代えられないだろう。零番の中に、僕達がリリアに対抗できる術があるかもしれないんだ」

それを言われると弱かった。吉川のことは心配だけれども、今の状況は手段を選んではいられないことくらいはわかっている。

「……後で吉川さんにお礼をしてください」

「わかったよ。とっておきの酒でも送っておくさ。……さあ、もうすぐそこだ」

廊下の両側の壁には等間隔に扉が並んでおり、そこには飾り気のないプレートがかかっていた。『7』や『6』と書いてあるのがわかる。そして廊下の突き当たりには、やはり簡素な文字で『1』と記されていた。

浅葱はドアの前のテンキーに数字を入力する。するとカードキーの挿入を求められ、彼は迷いもなくキーをスライドさせた。ピピッと電子音が鳴り、ドアが静かに開く。

「これって入室記録とかとられたりしないいんですか」

「記録なんて後で改竄《かいざん》すればいい」

司はもう聞くのをやめた。

本物の魔導書や道具がそのまま保存されていると聞いておどろおどろしい光景を想像していた司だったが、そこにあったものは一見すると地味なものだった。古びた洋書、何に使うのかわからないやたらと大きな釜、貴金属類、宝石等。衣服の類い。だがこれらは非常に貴重な物品なのだと思う。古《いにしえ》の魔女達が、確かに生きていた証拠。そこかしこから魔女達の残った思念が、今を生きる司に語りかけてくるような気がした。

「司、こっちだよ」

「あ、はい」

浅葱に促され、司は部屋の最奥へと進む。そこには壁と同じ色のドアがあった。だが先ほどと同様にセキュリティのための施錠がある。浅葱はそこで、さっきとは別のカードキーを取り出した。長い数字をためらいもなく打ち込み、カードをスライドさせる。今度はガチャリ、と重い音がした。

「――――」

扉が開いた時、古い空気の匂いがした。部屋に足を踏み入れると、そこは時が止まっているような空間だった。さっきの部屋は無機質な、いかにも研究機関らしい印象だったが、ここは石造りの部屋で、まるで感じが違う。

そして目を奪われたのが、壁に掛けられたいくつもの肖像画だった。若い女性から年配の女性までいる。

「この人達、みんな魔女なんですか」

「ああ、そうだよ」

司と一緒に、浅葱はその絵を見上げた。

「文献を元に描かれたものだ」

司の中には、殺された魔女達の思念が流れ込んできたことがある。その中に彼女達もいたのだろうか。

「ここにいる魔女達は、いずれも際立った能力を持っていた。この他にも大勢の魔女がいたし、

疑いをかけられただけでごく普通の人間だった者達もいる」

「……そうですよね」

それは司にもわかっている。現代に生まれた自分がどんなに恵まれているのかも。

だから、この時代に生まれ変わりたいという彼女の願いも理解はできた。

だが。

「あれがリリアだよ」

肖像画が並ぶ中央に、彼女はいた。白いドレスに黒い衣を纏い、腕に蛇を巻きつかせて。

その白い顔立ちは、昨日浅葱と共に目の前で見た姿とまるで同じだった。

「原初の魔女。君の遠い血縁だ」

(だけど、俺は俺の人生を諦める気はないんだ)

微笑みを浮かべてこちらを見下ろしてくるようなリリアを、司は挑むような目で見上げた。


資料とはいっても、そこには日本語で書かれている文献などひとつもなかった。辞書アプリなどを駆使してどうにか浅葱の役に立とうとがんばったが付け焼き刃でしかない。だが浅葱はそんな司をよそに驚異的な集中力を発し、もの凄い勢いで資料をあたっていった。

どれくらい時間が経った頃だろうか。浅葱がふいに言葉を発した。

「……これかもしれない」

「えっ」

司は彼が手にしている書物を覗き込む。

「これ……、何語ですか」

「ラテン語だよ」

「ラテン語!? ……そんな言葉までわかるんですか?」

「宗教や祭祀用語としても使われてきたからね。魔女の研究をしていたらラテン語がわからないと話にならない」

浅葱はそう言いつつ、何冊かの本を抱えて立ち上がった。

「行こう。ずいぶん長居してしまった」

「それ、持っていくんですか?」

「持っていくよ」

貸し出し禁止とかじゃないんだろうか。司はそう言いかけてやめた。彼には多分、そんなことを言っても無駄だろうからだ。

「僕はこの本の内容を精査してみる」

「俺、あんまり役に立てなくてすみません」

自分のことなのに、と言う司の頭に、浅葱はそっと手を乗せた。

「気にすることはない。こういうバックアップは僕の役目だ。それより君は、周辺に気をつけて」

「……はい」

「一人にするのは心配だ。しばらくの間、僕の家で過ごすといい」

「え、でも、ご迷惑をかけるわけには」

「迷惑でもなんでもない。君に何かあったら悔やんでも悔やみ切れない」

浅葱の言うことも最もだと思い直した司は、了承したと頷く。

「でも、一度家に帰らせてください。教科書とか着替えとか持ってこないと――」

どのくらいかかるかわからないのに、さすがに着の身着のままで世話になるわけにはいかなかった。

「じゃあ家まで送ろう」

「それは大丈夫です。用意が出来たら、すぐ先生の家に向かいますから」

「しかし」

「本当に大丈夫です。すぐに行きますから」

そこまで浅葱に面倒を見てもらうわけにはいかないと固辞する。浅葱は仕方がないとため息をついて、せめて駅までは送ると言った。

「本当は君と一緒に住みたいんだが」

「それはちょっとまだ……、覚悟ができなくて」

何度か言われているが、一緒に暮らしたら今よりも確実に彼に抱かれる頻度は増えるだろう。そうなった時に自分がどうなってしまうのか、少し怖かった。今でさえ浅葱に翻弄されている自覚は充分にあるのに。

「なんの覚悟？」

「言わせないでください」

抗議するように言うと、浅葱は笑った。

「やれやれ、つれないな」

駐車場から車に乗り込み、最寄り駅で降ろしてもらう。

「じゃあ、待っているよ」

「はい」

浅葱と別れた後、司は電車で自宅に戻った。当面必要なものをバッグに詰め込み、鍵をかけてまた駅まで戻る。もう日が暮れていた。そこいら中が夕陽で赤く染まって、なんだか少し嫌な気持ちになる。ふいに心臓がどきどきしてきた。

(早く行こう)

司は小走りで駅まで向かう。その時ふと、右手の公園が目に入った。ここを突っ切れば駅まで近道になる。ただ、暗くなった公園は昼間とは打って変わって危険になる。入り口には、注意を促す看板が立てかけられていた。

「……」

司は少し迷ってから公園に足を向けた。すぐに通り過ぎれば大丈夫だろう。そう思った。

樹木の生い茂る舗道を走っていると、茂みの中に人だかりが見えた。

「ちょっと、やめてってば！」

「うるせえな、おとなしくしてればすぐに済むって」

「やだ！　ほんとにやめて！」

若い女性が、男達に絡まれている。腕や胸を摑まれ、今にも服を脱がされそうになっていた。

司は思わず足を止める。その時、女と視線が合った。

「助けて!!」

その瞬間、司はそちらのほうへ足を向けていた。構わずにそこから立ち去ることも出来たかもしれない。駅前の交番に駆け込んでもよかったろう。けれどその間に、この女性がどうなってしまうのかわからない。どこか他の場所に連れ去られてしまうことも考えられる。それに目を瞑《つむ》ることは、司には出来なかった。

「やめろよ」

「は？　なんだてめえ」

男達は司のことを頭から爪先まで眺め回した。

「嫌がってるだろう。離してあげなよ」

「うるっせえな、ああ？」

男の一人が司の前に出て、頭ひとつ分高いところから見下ろしてきた。腕力では勝てる気がしない。だが司の魔女の能力を以《もっ》てすれば、このくらいの男達は対処できるだろう。さてどうするか――――、と思った瞬間、視界がブレた。

「っ!?」

異常は目の前の男達にも表れた。全員がぽかんとした表情を浮かべたかと思うと、どこか熱っぽい目で司を見つめてくる。

「────っ」

女性が男達の手を振り切り、脱兎のごとくその場から逃げ出した。だが誰も反応せず、後を追う者もいない。そして司は、自分の身体が思うように動かないことに気づく。手からバッグがドサリという音を立てて落ちた。

「────あんな小娘より、私と遊びましょう」

(活きのよさそうな男達。無駄に精もみなぎっていそう。味見するにはうってつけだわ)

女の声が司の脳内で響く。リリアだ。彼女が司の身体の主導権を乗っ取り、司の口から望んでもいない言葉を紡ぐ。目の前の男達はどうやら魅了されているようだ。以前の雪春も同じ能力を持っていた。いや、彼がリリアと同じ力を持っていたと言ったほうがいいか。

(何を────やめろ!)

(こんなに敏感な身体を、あの男だけに好きにさせているのはもったいないわ。それに、あの男が相手だと私はうまく快楽が拾えないの。だからもっと奔放に楽しみましょう)

「ああ、相手してやるよ」

「たっぷり楽しませてやるからな」

男達の手が司の腕を掴む。ごつごつした掌が衣服をめくって直接素肌に触れてきた。びくん、と身体が跳ねる。

「ふっ、くうっ」

嫌悪に身体が震える。だがその刺激を司の中にいる存在が悦んでいた。両腕で男を引き寄せ、もっとしてくれとねだる。

「積極的じゃねえか」

（違う、違う——、離せ！）

肉体の主導権を取り戻さなければと思った。このままでは、好き放題に犯されてしまう。リリアは男達を貪るつもりなのだ。

「んっ、くうっ！」

乱暴に乳首が摘まれ、弄《もてあそ》ばれる。痛みと共に快楽が走った。重い熱が生まれた腰の奥を煽《あお》るように、別の男の手が衣服の上から股間を揉みしだく。

「あう、うっ」

強い刺激にびくんっと身体がわななく。まずい。このままでは、取り返しがつかないことになってしまう。司の中で別の誰かが歓喜する感覚が伝わってくる。どこの誰とも知らない男達と交わって嬉しいのだろうか。

（名前も知らない男達と朝まで交合するのよ。それは魔力を高める大事な儀式なの）

司の脳裏にリリアが語りかけてきた。

（あなただってあの男と愉《たの》しんでいるでしょう？）

（先生はそんなのとは違う……！）

必死の訴えを嘲笑うような声が頭の中で響く。

（あなたがどう繕うと、本質は私と一緒なの。快楽を好み、奔放に貪る淫乱な性）

抗う司に畳みかけるようにリリアが言った。それを拒否するようにかぶりを振る。

そうかもしれない。だが、自分とリリアはまったく同じものじゃない。

（取り戻すんだ）

今、司の肉体は、リリアが主導権を握る形になっている。それを司自身に取り返す。

だが、どうやって？

動揺する頭の中で司は必死に考えた。落ち着け。パニックになるな。きっと手はあるはず。俺だって魔女として修練を積んできたのだから。

「俺ら全員で、たっぷりブチ込んでやるからな」

男の手がボトムにかかり、脱がそうとしてくる。ぞわっ、と嫌悪感が走り、全身に鳥肌が立った。

嫌だ嫌だ――――いやだ!!

「嫌だ!!」

全身の血が沸騰したように熱くなる。その瞬間、司と男達の間に炎が走った。

「うわあっ！」

「なんだっ…、火!?」

「あっちぃっ！」

驚いた男達の手が一瞬司から離れる。その瞬間にその場から飛び出し、出来得る限りのスピードで逃げ出した。地面に落ちていたバッグを拾えたのは我ながらよくやったと思う。

「あっクソッ…！」

「てめえっ、逃げんなっ！」

背後から怒号が聞こえる。追いかけてくるような気配もしたが、すぐに諦めたようだった。公園を出たところでちょうどタクシーが通りかかったので、すぐさまそれを捕まえて乗り込んだ。

行き先を告げて車が発進し、そこでようやく息をつく。衣服を乱し、息を荒げている司を、運転手がミラー越しにちらりと見やった。何も聞かれなかったことはラッキーだったと思う。まだ鼓動が嫌な感じに速まっていて、うまく説明できそうにない。両腕のバッグをぎゅっと抱きしめながら、司は浅葱のマンションに着くまで息を潜めていた。司の中のリリアは、今はなりを潜めているような感じがする。

「――――どうしたんだ」

ただならぬ様子の司を迎え驚く浅葱に、司は思わず彼の腕に飛び込んだ。

「司、何かあったのか？　どうしたんだ」

「……っ、リリアが、現れて…っ」

公園での出来事を浅葱に話す。彼は黙ってそれを聞いていたが、司の肩を優しく抱くと寝室まで連れてきた。

「だから僕が送っていくと言ったろう？」

「すみません……」

ベッドに座って渡されたペットボトルの水を飲んでようやっと一息ついた。以前に暴走した教会の信者に道具などを使われて身体を弄ばれたことがあるが、その時のことを思い出して身体が震える。自分の意志に反して肉体を奪われたということが怖かった。そして、浅葱以外の男に触れられるのは本当に嫌だということも。それだけでも、自分とリリアは違う。

「司」

浅葱は司をぎゅっと抱きしめ、優しく唇を重ねた。いつものように情熱的に舌を差し入れることはなく、唇を労るように啄《ついば》んでくる。気遣われていることが嬉しくて身体が熱くなった。やがて司のほうが我慢できなくなり、迎え入れるように唇を開く。そこでようやく、浅葱は舌を入れてきた。

柔らかく口中を舐め上げられて恍惚となる。リリアに身体を乗っ取られたショックや、男達に触られた嫌悪さえも洗い流してくれるようだった。

「んん……っ」

「……今、リリアは？」

「多分、ひっ込んだ…と思います」

「そうか。無事でよかった」

司の頭を撫でながら、彼は睦言を囁くように言う。

「君が来るまで、例の書物を読み込んでいたんだけれどね、興味深いことがわかったよ」

「……なんですか？」

「リリアは今、肉体がないぶん本質のみの状態になっている」

「本質……」

つまり、淫蕩と放埓《ほうらつ》ということだ。

「受肉すれば、それに生前の知恵と冷淡さが加わる。教会は甘く見ているが、現代の人間が管理出来るほど原初の魔女は穏やかじゃない。まず、この自由な世の中で好き勝手を始めるだろう。その中には人間達への復讐も含まれると思われる」

司はセイラムの生き残りの血を引く雪春のことを思い出した。現代に生きる彼ですら、迫害された恨みはあれだけ大きかったのだ。無残に殺された魔女がどんな復讐を遂げたいのか、それは想像もつかない。

「止めることはできますか？」

「方法はある」

司は固唾《かたず》を呑んだ。

「これは書物にあった事柄と、これまで僕が研究してきたことからの推測だが、魔女というものは本質が第一だ。本質とは魔女の根幹を成すもので、鍛錬するほど能力は先鋭化する。君の修練には、僕とのセックスが大事だったろう？」

「……はい」

答えにくいが、実際にそうだったのは違いないので司は頷く。

「君とリリアの本質は同一のものだ。だが、彼女がまだ実体化していない今なら、君の本質のほうが強い」

つまり、と彼は続けた。

「君のほうの本質を高めてやれば、それで彼女を封じ込める可能性がある」

「俺の本質……」

「淫蕩、放埒――――、要するに僕と徹底的にいやらしいことをするということだ」

「い、いつもよりってことですか」

「いつもよりってことだよ」

浅葱は大きく頷く。

「君が極限までいやらしい気分にならないと駄目なんだ」

「……嘘ついてないですよね」

「こんな非常事態に嘘などつくものか」

心外だと言わんばかりに浅葱は言った。だが、司にも心当たりはある。リリアは司の中に潜んでいるのに、浅葱が相手だとうまく快楽を拾えないと言っていた。それは、今までは司の本質のほうが大きかったからではないだろうか。

「わかりました」

覚悟を決めた。

「俺、先生と……いやらしいこと、します。リリアに、勝つために……」

「いい心がけだね。……でも」

浅葱の親指が唇に触れる。

「僕としては、『先生としたいから』と言って欲しかったんだが」

「……そんなの」

司は浅葱の首に両腕を回した。頬が熱い。心臓がどきどきする。

「俺はいつも、そうです……」

「司」

浅葱の何かを押し殺したような声。すぐに強く抱きすくめられて、今度は最初から深く唇を重ねられる。

「……今はリリアのことは忘れて。僕のことだけ考えていてごらん」

甘く低い囁きに酩酊すら覚えて、司はゆっくりと目を閉じた。


ぬちゅ、くちゃ、と愛液の立てる音が寝室に卑猥《ひわい》に響く。

「あ…っ、あんっ、うっ……」

司は何度も尻を浮かせて、ぶるぶると震わせていた。

背中から回された浅葱の腕が前に回り、片方の乳首を指先で転がされている。もう片方は口に含まれ、舌先で執拗に弄ばれしゃぶられていた。敏感な二つの突起は愛撫を受けて硬く尖り膨らんでいる。膝を立てて大きく開いた両脚の間でそそり立つ肉茎は彼の手に握られ、巧みな手淫を受けていた。強く弱く、時に裏筋をくすぐられ、先端を捏ねられて、司はその度に耐え切れないように喘ぐ。

「んあっ、あぁ…っ」

ちゅこちゅこと肉茎を擦られ、乳首を吸われて、たまらずに喉を反らせる。すると浅葱の低く笑いを含んだ声が耳に注ぎ込まれた。

「……気持ちいいかい？」

「あっ、あっ！」

浅葱の声に頭蓋をくすぐられるようで、司は思わず声を上げる。

「き、きもち、いぃっ…」

「もっと脚を広げてごらん」

「あっ、んっ、んっ…！」

浅葱の指示で、司は立てた両脚をもっと外側に倒した。

「司の恥ずかしいところがよく見えるよ。すごく濡れてる。女の子みたいだ」

「や、やあ…う…っ」

恥ずかしさで全身が燃え上がる。興奮で脳髄が灼《や》けつきそうだった。腰骨がじんじん痺れて、鋭い快感が込み上げてくる。

「あぁっ、イくっ、いくっ……！」

腰がぐぐっ、とせり上がった。膝を大きく広げたはしたない体勢で、司は絶頂に達する。

「んあ、あくぅぅ…んんっ…！」

浅葱の手の中の肉茎がびくびくと震え、先端から白蜜が噴き上がった。

「たくさん出してごらん」

「あぁぁあ…っ！」

イっているものを尚も扱《しご》かれて司は悲鳴を上げる。たっぷりと出た愛液は浅葱の手や司の太股、下腹を濡らし、淫らに彩っていった。

「ああ、ん…っ」

「可愛かったよ」

くたりと脱力した身体をシーツに横たえられる。汗ばんだ身体に乾いたシーツが心地よかった。浅葱が横で何かを用意しているような気配がして、それを確かめようと目を開けた時、ふいに身体に縄がかけられた。

「ん、あっ!?」

両腕を後ろに縛られ、手首を固定される。ぎゅっと引っ張られると、上半身が締め上げられた。

「う…っ」

「痛くはないだろう?」

「で、でも…っ」

上半身がほとんど動かせないことに戸惑っていると、浅葱は今度は司の膝頭を縛り始めた。曲げている状態で固定され、M字のような形になる。

「せ、先生っ、これっ……」

「もっといやらしいことをしてあげよう」

ベッドに横たえられ、縛られた脚を開かされた。そうなると司はもう、無防備に開かれた肢体を浅葱の前に晒すことしかできなくなる。

「は、恥ずかしい、こんな…っ!」

「恥ずかしいのが興奮する、だろう?」

浅葱は手にした羽根を司に見せつけた。何をされるのかわかってしまって、ぞくぞくと背中におののきが走る。

「やあ、あ、いじめ、ないでくださ…っ」

「心外だな。こんなに可愛がってあげているのに」

羽根の側面が脇腹を撫で上げる。その途端、びくんっ、と身体が跳ねた。

「んう、あっ!」

「司は本当に敏感だ」

羽根が肌の上を滑っていく度に、異様な感覚が込み上げてくる。くすぐったさと快感が混ざった刺激にじっとしていられず身を捩るが、その度にかけられた縄が身体を締めつけた。まるで強く抱きしめられているようだった。

「あちこちビクビクさせて、本当に可愛いね」

「ん、ふううっ！　あっ、やっ、んぁああっ……」

乳首をそっと転がされ、たまらない快感が走る。そこは下半身と感覚が繋がっていて、股間のものがじくじくと反応し出す。愛液で濡れそぼったものがはしたなく隆起していった。

「あ、あーっ、あっ、あっ……！」

胸の突起が痛いほどに尖っている。そこを尖らせた羽根で優しく嬲られて、司は啼泣してしまう。恥ずかしくて、もどかしくて、どうにかなってしまいそうだった。

「さあ、もっと君の本質を解放してごらん」

浅葱の声が誘惑するように脳をかき乱す。

「どうされるのが好きなのか、僕に教えてくれ。司が一番気持ちいいやり方で可愛がってあげよう」

「……あっ、あっ！」

もう片方の乳首もさわさわと刺激されて、腰から背中にかけて官能の波が駆け上がった。もう、いやらしい気持ちでいっぱいになってしまう。浅葱に虐められたい。それも、考え得る限りの卑猥な方法で。

「あ、あ…っ、せん、せい、俺を、うんといじめて…っ、俺が泣いても、ゆるさないで……っ」

浅葱に甘苦しい快楽で泣くほどに虐められたい。それが司の持つ淫らな欲求だった。彼に優しく責め抜かれ、身も世もなく泣き喚く時、司は身も心も解放されることを知っている。

「素直に言えて偉いね」

「ああっ！」

肉体の中心を鋭い快感が走った。浅葱が司の肉茎を羽根で撫で上げたからだ。つつうっ、と一度だけなぞられて、愛液に濡れた羽根の先端を、浅葱が舌先で舐めとる。

「君の望む通り、たっぷりと虐めてあげよう。今度は簡単にイけるとは思わないことだね」

「ふあ、ああっ」

肉茎を愛撫する羽根はそれきり離れてしまい、今度は太股の内側へと移った。何度も撫で上げられるのだが、くすぐったさで我慢できない。

「あっ、ああっ、そ、そこはっ、ああっ」

けれど快感もまた生まれてしまう。刺激が脚の間にも響き、切ない感覚が肉茎をきゅんきゅんと責め上げた。それなのに、浅葱はわざとそこを避けて嬲ってくる。もどかしさと快楽が司を炙《あぶ》るように責め立てて、どうしようもなかった。

「こ、ここ、も、して、くださっ……」

司は股間のものを差し出すように腰を跳ね上げる。だが当然浅葱がそれに応えることはなかった。それどころか、その下で揺れている双果へと羽根を滑らせる。

「あひ、いっ」

「駄目だよ」

やんわりと告げた彼は、二つの丸みをゆっくりとくすぐり始めた。司の全身を細かい震えが走る。

「あ、あ、んんん、あっんっ！」

「こら。あまり動くと虐めてあげられないだろう？」

浅葱の手が司の片脚を摑む。そうして、まるでお仕置きのように細かく羽根を動かされた。

「あぁ――――…っ」

反った喉から嬌声が漏れる。苦しそうに張りつめたものの先端から愛液がとぷとぷと溢れて幹を伝った。薄い下生えを濡らし、その奥までにも伝ってくる。そして浅葱の羽根は、最奥の窄《すぼ》まりにまで及んできた。何度も男を受け入れて快楽を知り、縦に割れた肉環を残酷な愛撫が襲う。

「ひぃ……あぁぁぁあ…っ」

「さっきからずっとヒクヒクしているね」

「そっ、そこはっ、あっ、あっ！」

そんなところまでくすぐられてしまい、司は激しく取り乱して喘いだ。我慢できない刺激をじっくりと与えられ、肉洞の内部までずくずくと感じさせられる。

「あぁぁあ…っ、ゆ、ゆるし、て、イかせて、くださ……っ」

腹の奥と肉茎が疼いて頭がおかしくなりそうだった。血流に合わせて身体中がじんじんと脈打つ。足のつま先がすべて快楽で開いていた。

「君が言ったんだよ。許すなと」

「やだ、ああっ、許して、ゆるしてぇ…っ！」

浅葱の言う通りだった。確かに自分でそう言ったのに、司は今本気で許しを請うていた。だがそれと同時に、全身で感じて悶えている。

「んん、あくうんんん…っ！　～っ！」

だが浅葱はまだお預けにするつもりだったろうに、はしたない司の身体は後ろで軽い極みを得てしまった。内壁が激しく収縮して、腰の奥からきゅうきゅうと快感が広がる。

「あああ、んあぁぁあんっ……」

「ん…？　甘イキというやつか」

また変なイき方した、と司は身悶えながら思った。ちゃんとイけないと、絶頂がいつまでたっても終わらない。強い極みではないけれど、延々と続くのはたまったものではなかった。

「悪い子だね司は。簡単にイったら駄目だと言っただろう？」

「あぁ、くうう、ご、めんな、さいっ……、で、でもっ…」

「お仕置きをしなければいけないね」

浅葱はそう言うと、自らのものを衣服の中から取り出した。それは怖いほどいきり勃《た》っていて、彼の興奮を表している。浅葱はその猛々《たけだけ》しいものを司のヒクつく後孔に押しつけ、軽く腰を進めた。

「んあぁあぁ……っ」

先端を含まされただけで、それは司の中に勝手に呑み込まれていく。欲しかったものを与えられて、全身が歓喜にわなないた。

「ああ……すごいな。絡みついてくる」

浅葱は感嘆の声を漏らしながらゆっくりと進んでくる。司は内壁を擦られる感覚に啜り泣いた。とてつもなく気持ちいいのに、中を緩やかにかき回されるだけで決定的な刺激を与えられない。

「ああ…うう…っ」

ぐちゅん、ぐちゅん、と卑猥な音が響く。熟れた媚肉を断続的に刺激され、けれど強く突いてはもらえなくて、頭と身体がまるで沸騰するようだった。堪え切れずに自分で腰を揺らそうとしても、浅葱の腕で押さえつけられる。

「んぁぁあ…っ、お、ねがい、もっと、もっとぉ…っ！」

「うん…？　もっと、深く？」

ずず…と男根が深く沈められる。だがそれだけだった。奥の気持ちのいいところをぐりぐりしてくれない。先端で悪戯に刺激され、よけいにつらくなるだけだった。

「あひぃ…ぃ」

揺り籠《かご》よりも優しく揺らされ、甘く、とてつもなく苦しいセックス。気持ちがいいのかつらいのかもうわからない。

司は何度も甘イキをし、息も絶え絶えとなった。彼は時々司の最奥に自分のそれをじゅくっ……、と押しつける。それをされると思わずイきそうになるのだが、浅葱がその寸前で腰を引いてしまうので、司はその度に泣き喚くことになった。

「ひ、ぃい…っ、あ、あっ！　もうっ、もう、虐めないで…っ、ちゃんと、イきたい…ぃっ」

「なら、僕にお願いしてごらん」

どうすればいいのかわかるね？　と彼は言外に告げていた。浅葱は額に汗している。彼だって思い切り突き上げて揺さぶりたいだろう。浅葱のものは司の中で血管を浮き上がらせながら体積を増している。

「……先生、の、俺の中、いっぱいずんずんして欲し…っ、おく、も、ぐりぐりって、してぇ……っ」

舌足らずになった口調でそう訴えると、浅葱の目の奥に獰猛《どうもう》な光が宿ったような気がした。そして次の瞬間、入り口から奥までをずうん、と深く突き上げられる。

「――――ア！」

短い悲鳴の後、司の口から快楽の悲鳴が漏れた。脳天まで貫く凄まじい絶頂に全身を痙攣させ、股間のものから白蜜が噴き上がる。

「く、う――――…っ、あああっ」

司は泣きながら、何度もいく、いく、と口走った。実際に後から後から絶頂が押し寄せてきて止まらない。浅葱の男根はそれまでの緩慢さをかなぐり捨てたように肉洞を力強く抽送し、奥をぐりぐりと抉った。

「ふぁ、ああっ、せんせえっ……、きもちっ、きもちぃぃ……っ」

「この、奥をこうされるのが好きかな…？」

最奥の駄目な場所を浅葱の先端が叩く。そうするとくぱ、と開いたそこが、彼のものに吸いついてじゅぱじゅぱとしゃぶった。

「んぁぁあぁ……っ、す、すき、それ好きぃい…っ」

「僕もとても気持ちいいよ、司……。ここにいっぱい出してあげよう」

出して、出してと司が甘えるようにねだる。小刻みな動きになった彼のものが一際大きく脈動した。獣のような呻きが聞こえて、腹の奥に熱いものが注がれる。

「あはぁぁあっ、あ——〜っ！」

あまりに快感が大きくて、目の前がちかちかした。身体がバラバラになりそうな絶頂に息もできない。

(あ、あ、出てる……)

浅葱の精で腹の中を満たされてる。

恍惚とした表情を浮かべながら、司はその多幸感に白く染まった意識を手放した。

意識が途切れていたのは一瞬だったらしい。司は身体の違和感で目を覚ました。

「ん、う…っ、…え!?」

自分の後孔を、何かに貫かれている。そう自覚した途端、じわじわとした快楽が一気に身体中に広がって、司はよがり声を上げた。

「気がついたかい」

すぐ側からそんな声が聞こえてはっと我に返る。そこには浅葱がいた。

「少し飛んでいたから、そのまま木馬に乗せてあげたよ」

彼の言葉で、司はその時初めて自分の状況を把握した。『木馬』——。それは浅葱が制作した司のための責め具だった。跳び箱のような形をしているそれは、腰を乗せる部分に男根を模した張り型が取り付けられている。それにはあちこちに突起がついており、変なふうに捻《ねじ》れたりしていた。すべて司に快楽を与えるためのものだ。司は初めて浅葱に抱かれた時にこれに乗せられ、屈服されられたのだ。

その木馬に、上半身を縛られたまま跨がらせられている。両脚は側面に固定されていた。

「ああっ、ま、またこれっ……！」

「まだお仕置きは終わってないよ」

司はいつも仕置きと称してこれに乗せられていた。今の司は浅葱のものによってさんざん中を可愛がられ、しとどに蕩けている。張り型が挿入っているだけで、もう感じてしまっている状態だった。

「司には、もっともっと乱れて欲しい」

「や、も、もう無理っ……！」

さっきあんなに痴態を晒したばかりではないか。だが、浅葱はまだ満足していないらしい。

「さあ、スイッチを入れるよ。たっぷりと愉しんでおいで」

「だ、だめ、ん、あ、あ！」

カチッ、と音がした瞬間、それは動き出した。司が咥え込んでいる張り型がゆっくりと動き出し、淫らな振動を加えてくる。

「あぁあんくぅぅう」

何度も達して感じやすくなった媚肉を過激に刺激されて、司は思わず喉を反らした。声が勝手に出てくる。また改良されたのだろうか。突起物や捻れが、また絶妙な場所に当たってずりゅずりゅと刺激してくる。

(こんなの、すぐイく)

「あっあっあっ！」

「おっ…と」

大きく背中を仰け反らせて倒れそうになる司を、浅葱が背後から優しく支えた。

「今日の木馬の乗り心地はどうかな？」

「ん、んう——ああっ」

低い声が鼓膜をくすぐる。びくんびくんと腰が動いてしまって、司は木馬による一度目の絶頂を迎えさせられた。

「んんあぁぁんんっ……！　い、いく、いく〜〜……っ！」

そそり勃った屹立《きつりつ》から、ぷしゃあっ、と粘度の低い愛液が迸る。

「……いいみたいだね。潮まで噴いて。僕のものより気持ちいいのかい？　少し妬けてしまうな」

そんな勝手なことを言いながら、浅葱は両の乳首を指先でそっと転がしてきた。胸の先から腹の奥まで刺激が繋がって、司はたまらずに身悶える。

「ふあぁっ、だめ、あっ、乳首、いっしょ、は……っ」

「ふふ、可愛いね」

肉洞の中の張り型は無慈悲に、激しく震えながら上下に動き、時折ぐるりと回転したりする。

司の内部には浅葱の精がたっぷり注がれているので、じゅぷじゅぷと耳を覆いたくなるような卑猥な音がした。入り口から彼の精が溢れ、泡立ったものが白く伝って木馬の表面を濡らす。

「あ——……っ、イってるのに、とまらなっ……」

司が達している間も、張り型はいっさい休まずに動き続けた。司の口の端から唾液が零れる。

「君にとってこの木馬は、まさに快楽の拷問なんだろうね。だが、それだけに本質を剝《む》き出しに

してくれる」

首筋や肩にちゅ、ちゅっ、と音を立てて優しく口づけながら浅葱が囁く。だがそんな柔らかな刺激にさえ、今の司にはひどく効いてしまう。

司の腰がさらなる快楽を求めるように淫らに揺れ始めた。その端整な顔を涙と汗で汚しながらも恍惚とした表情を浮かべている。

「ふあ、あ…っ、せんせい、先生っ……」

口を吸って欲しい。そう願うと、浅葱は唇を重ねてきた。舌を突き出していやらしく舌を絡める。その姿はまさに淫蕩そのものだった。

「あ、はぁぁうっ、いぃ……いくぅう……っ！」

尖った乳首を撫でられながらまた達する。卑猥な言葉を垂れ流しながら、司は自分を支配する快楽に理性をなくし、溺《おぼ》れていった。


「少し痕がついてしまったね」

縄が解かれると、その下の肌には縄目の痕がくっきりと残っていた。

「擦《す》り傷にはなっていないみたいだけど……痛くないかい？」

浅葱が司の手首の内側に口づける。その仕草を気怠い感覚の中でぼんやりと見つめていた。

「大丈夫です」

身も心も満ち足りていた。酷く扱われたように思えるが、司は痛みは少しも感じなかったし、嫌でもなかった。浅葱に責められた後は、たとえどんなに泣かされたとしても充足感のようなものを得ている。こういう行為を自分も望んでいるのだと認められるまでには少しかかったが。

「これでリリアは引っ込んだんでしょうか」

「どんな感じがする？」

浅葱に言われて、司は自分の内側を探ってみた。体内に目を作るようなイメージで自分の中を精査する。これも魔女の力をつけていく上で身につけた方法だった。

「……表に出てきている感じはありません」

「完全に眠りについた？」

「わかりません……。でも、どこかにいるような気はします」

注意深く気配を消している気はする。だが夕方の公園の時のような、無理やり外に出ようとしている感じはなかった。

「なるほど。君の本質のほうが勝ったということかな」

「……これ一回切りで？」

言ってから、司はしまった、と思った。案の定浅葱はおもしろそうに笑って覆い被さってくる。

すっかりいつもの羞恥心が戻ってしまった司は、困ったように身を竦めた。

「君の言う通りかもしれない。じゃあ、こういうのを何度もしようか」

「おかしくなってしまう……」

とても学者畑とは思えないほど鍛えられた身体が目の前にある。この身体に何度も犯された。

「君は僕を煽《あお》る天才だよ、司」

そんなことを言って、浅葱は司に口づけてくる。それを目を閉じて受けながら、自分も同じだと思った。

それから一週間ほどは、特に何もなく過ごした。司は浅葱の部屋で寝起きし、彼の部屋から大学へ通い、（さすがに一緒には行けないので最寄り駅まで送ってもらい、司は電車で行った）一緒に夕食を食べ、濃厚なセックスを繰り返し、ひとつのベッドで眠った。

自分の中のリリアの様子を見るためなのに、司はこの生活が幸せだと思っていた。今までも週末はよく一緒に過ごしていたけれども、こうして生活を共にすると知らなかったことをまだ見つけられる。

（先生とずっと一緒にいられたらいいな）

これまで同居の誘いは何度かされていたが、司はその度に断っていた。色々と歯止めがきかなくなりそうだから、というのを理由にしていた。彼とずっといると、溺れて浮き上がってこれなくなりそうで。

（俺は貪欲だから）

多分際限なくもっともっとと求めてしまう。これでも自分の本質は理解しているつもりだ。

だが、実際に一緒に暮らしてみると、意外と普通に過ごせていることに気づいた。確かに彼にはことある毎に魅了されているし、時に明るいうちから仕掛けられる行為に我を忘れてしまうことはあるけれども、社会生活を送れなくなるということはないようだ。そのあたりは浅葱も加減をしているのかもしれない。

「調子はどうかな?」

大学の構内で浅葱が声をかけてきた。人気のない階段の影まで移動して向き合う。

大学に来るのは、リリアが完全に沈黙したと確信出来ていない限りは賭けでもある。最初は恐る恐るだったが、今のところ問題はないようだった。

「大丈夫みたいです」

「そうか、よかった」

心なしか彼はほっとしたように見える。

「いや、僕には責任があるからね。今はどうであれ、初めはリリアが復活を望んでいたのは事実だ」

「責任なんて思わないでください。それに」

司は少し思い切って聞いてみた。

「今は俺自身を見てくれているんでしょう?」

そう尋ねると、浅葱の表情がぱっと明るくなる。

「ああ、もちろんだよ。もう君しか見ていない。……信じてくれるかい？」

「信じます」

司はこくりと頷いた。

「前は色々と不安になったりもしましたし、今もそうですけど……、でも、好きなんだから信じます」

運命なら丸ごと受け入れる。司はそう決めたのだ。

「司……」

「あ、ちょ、ちょっと」

浅葱が抱きしめようとしたきたので、さすがにここではまずい、と押し返す。彼の研究室では事に及んでしまったことはあったが。

「……仕方ないな」

案外浅葱はあっさりと引いてくれてほっとする。彼は本当の意味で無理強いはしてこない。強引に来られるのは、司がどこかで期待している時だけだ。

「今日はどこか車で出かけようか。外で食事しよう」

「大丈夫なんですか？」

「君以上に大事なことなんてないよ」

さらりとそう言って、浅葱は放課後の約束をした。

見つからないように大学から少し離れたところで待ち合わせすることにして別れる。

まだ午後の講義があるというのに、司の胸はそのことでいっぱいになって、講義に身が入らなくて困ってしまった。


その日の講義が終わると、司はなるべく何気ないふうを装って教室を出る。大学の敷地から出ると自然と早足になって待ち合わせ場所へ向かった。そこは人気のない小さな公園の前で、今の時間は親子連れがよくいるのだが、今日は誰もいなかった。

ベンチに座って浅葱を待っている時、そういえば、と思い出す。

この間は公園でリリアに乗っ取られたんだっけ。

嫌なことを思い出してしまった、と司はそれを頭から振り払う。もうあんなことは起きない。俺がちゃんと、深く深く封じ込めたんだから。

聞き慣れたエンジン音がして、公園の入り口に浅葱の車が止まった。バタン、と音がして彼が車から降りる音が聞こえる。司は立ち上がってそちらを見た。

「先生」

浅葱が振り返り、司に向かって軽く手を上げた。

その表情がふいに凍りつく。

「――司」

「え？」

どうしたんだろう。そんなことを思った途端、背後にぞわっ、と嫌な空気を感じた。無数の針を背中に当てられているような感じ。耳元でふいに女の声がする。

「――私を無視して、ずいぶんよろしくやっていたのね」

「!!」

甘くねっとりとした、だがどこか無垢さを感じさせる声。司は振り返ろうとして、だが動けないことに気づく。

（しまった）

また肉体の主導権を奪われた？

いや、だが彼女は――リリアは、司の背後にいる。白い二本の腕がにゅっと肩越しに突き出されて、司の首にかかった。

「面倒だから、一度殺してあげる――。安心して。すぐに蘇生させてあげるから。あなたの意志はもうないけど」

鈴を転がすような声と共に、ぐぐうっ、と首元が圧迫される。明確な殺意。滲む視界の中で、浅葱が慌ててこちらへ駆けてくる姿がぼんやりと見えた。駄目だ。先生、来ないで――――。

「――――！」

浅葱が何かの呪文を詠唱した。バチッ、という衝撃が身体を包む。

「きゃあっ！」

背後でリリアの悲鳴が聞こえ、司は自分の肉体が自由になったのを感じた。この隙は逃せない。

司は咄嗟《とっさ》に彼女から距離をとった。

「司、こっちへ――――！」

浅葱の手が伸ばされる。司も手を伸ばした。

「――――邪魔しないでよ!!」

鋭い魔力の波動がこちらに向かって飛んでくる。こういう時は、魔力で防御壁を――――。だが、ちゃんとしたものは作れない。いくつかは突破して飛んでくる！

バッ、と血が噴き出し、地面に花が咲いたように飛び散った。

（――――え？）

司の身体には痛みはない。どこからも血は出ていない。ではこれは？

地面に倒れた男を見て、司は大きく瞠目する。悲鳴のような呼びかけが零れた。

「――――先生!!」

リリアの攻撃から司を庇《かば》い、倒れたのは浅葱だった。スーツの布地がぱっくりと切り裂かれ、そこから赤い血が流れ出している。

「先生、先生っ……!」

「……司」

泣きそうな声で呼びかけると、血に濡れた指が司の手を摑んだ。

「先生、どうしてこんなこと……!」

「君を守るのが、僕の役目だからね……」

「しゃべらないでください、血が止まらない……!」

司は上着を脱いで浅葱の傷口に押し当てる。布地がみるみる赤く染まっていった。ああ、どうしよう。先生が死んでしまう。

「司、聞くんだ」

浅葱の指が司の手をぎゅっと握る。

「今から僕の力を君に渡す」

「え……?」

「リリアを取り籠め――――。あれはこの世に放ってはいけないもの。それならいっそ、君の中で糧に変えろ」

その方法は、君の血が知っている。

浅葱はそう言うと、苦しい息の下で笑みを浮かべた。胸が掻き毟《むし》られるように痛む。

「嫌、です、嫌です先生……っ！　死なないで、くださ…っ」

「やるんだ。僕の魔女だろう。君ならできる」

握った手から覚えのある力が流れ込んできた。この力はいつも司を支え、守ってくれたもの。

目尻からいくつもの涙が零れる。それは浅葱の血に汚れた頬を濡らしていった。

「せん……せい……」

「愛している。また生まれ変わっても君を探すよ」

どんどん血の気を失っていく顔。渡される力とは裏腹に、冷たくなっていく手。

どうして。どうして。

「俺も、せんせい、俺も……っ」

愛しています。そう言い終える前に、浅葱はゆっくり瞼《まぶた》を閉じた。

「邪魔な魔女喰いはやっと死んだかしら？」

背後から邪気のない声が聞こえる。司は浅葱の手を離し、ゆっくりと立ち上がった。手の甲で涙をぐい、と拭うと、彼女に向き直る。

「もうこの世に執着するものもなくなったでしょう？　さっさと私に器を渡しなさい」

「――――渡さないよ」

「え？」

「これは先生が命を賭けて守ってくれたものだ。あなたには渡さない」

「……そう」

リリアの足下から強い魔力が渦巻きのように湧き上がる。さきほど浅葱の命を奪ったものだ。それが今度は司にその刃を向ける。

防げるだろうか。だがその考えはすぐに消えた。

先生が力をくれた。負けるわけがない。

「私は豊かなこの世界に生きたいの。魔女がいないこと前提になっているこの国なら、私は好きに生きられる。あなたの身体を使ってね！」

魔力の鎌鼬《かまいたち》がやってきた。司の身体を引き裂くはずのそれは、だがその直前でことごとく弾き返される。

「……なんですって？」

予想外のことにリリアは瞠目した。ありえない、と朱唇が呟く。

「俺の力は今、何倍にも増幅されている。そう簡単に殺せると思うな！」

あの人が目覚めさせてくれた力。無駄にはしない。

放たれたリリアの魔力が、司の能力である炎に変換される。その業火を目にしてリリアは初めて怯えた表情を見せた。

「やめて。また焼くのやめて」

「ごめん。あなたは俺の大切な人を殺した。見逃してあげられない」

リリアは後ずさった。実体化を解き、逃げようとする。だが司の炎はそれを捕らえた。

「いやああ————!!」

つんざくような悲鳴があたりに響く。炎はリリアの全身を包み、霊体ごと焼き尽くしていった。

助けを求めるようにこちらに手が伸ばされる。

やはり自分は魔女なのだと、燃えていくリリアを見つめながら司は思う。

残酷で力を奪うことにためらいのない、異質な存在だ。

けれどそんな司を、あの人は好きだと、可愛いと言ってくれた。

膨大な魔力による超高度の炎は、二度目の火刑に時間をかけなかった。原初の魔女は焼け焦げ、灰にとなって崩れていく。ふわりと舞ったそれは風に乗って司の元へと集まった。

「――……」

両手を差し伸べた司の掌に、まるで花びらのように灰が降り積もる。それは雪のように溶けたかと思うと、司の中に消えていった。

(これがリリアの力)

かつて司と同質だったもの。それが分かたれ、再び戻ってきた。今度は司の中に溶け込み、二度と離れない。それがわかる。

「……先生」

司は振り返り、倒れている浅葱の元へかがみ込む。彼はぴくりとも動かなかった。

「先生っ……」

誰もいない公園に、司の声だけが細く響き渡った。

殺風景な廊下を歩いていく。奥の個室のドアをノックし、スライド式のドアをそっと開けた。

「先生」

声をかけると、ベッドの上で洋書を読んでいた浅葱が顔を上げ、司を見て笑った。

「やあ」

「体調はどうですか」

「問題ないよ」

司はレジ袋をベッド脇のテーブルの上に置く。

「なんだい、それは」

「林檎です。栄養がありそうだと思って」

部屋の洗面台で洗った後、引き出しから果物ナイフを出して剝《む》き始めた。その様子を浅葱は微笑みながら見つめている。

「傷はもう痛くないですか?」

「大丈夫だよ。今月末には退院できると主治医も言っていた」

「早くないですか？　もうちょっといたほうが……」

「勘弁してくれないか。退屈で死にそうだ。ワインも飲めない」

いつもは飄々《ひょうひょう》としている浅葱がこんな情けない表情をする。それがちょっとおかしかった。

「でも、ひどい出血だったんですから、大事をとらないと」

「まあ、さすがにあの時は僕も死んだと思ったよ」

それを聞いて司の瞳が曇る。血だまりの中で倒れている浅葱は本当に生気がなかった。だから司は彼のことを失ってしまったものだと思ったのだ。

「すまない」

彼の手が頬に触れる。温かい。ぬくもりを持っている手だ。

「君には心配をかけてしまったね」

「もうああいうのはやめてください」

「ああいうのとは？」

「俺のことを庇ったりしないでください」

そう言うと、浅葱は苦笑した。

「それは約束出来ないかな。魔女のために生きるのが魔女喰いだ」

「……魔女の力を得るためでは？」

「魔女から力をもらって、自分の中で能力に変えて魔女を支える。それが本当の意味だよ。魔女喰いは魔女なしでは生きられない。だから魔女を失うくらいなら、自分の命を投げ出してしまう。本質とか本能のようなものだ」

「……そういうの、ずるいです」

そんなふうに言われたら、何も言えないではないか。

司が唇を噛むと、浅葱の手が頬に添えられる。

「僕は君がいなくては生きられない。だからこんな怪我くらい、本当になんでもないんだよ」

とは言え、と彼は続ける。

「司はリリアの力を取り込み、更に魔力を増した。この現代ではもう、君に敵う魔女はいないんじゃないかな」

そんなふうに言われて司は困ったように微笑んだ。リリアを現代に甦らせるわけにはいかない。ましてや、この身体は明け渡せない。だがリリアが大人しく引いてくれない以上、ああするしかなかった。彼女を分解し、自分の力として喰らってしまう以外には。

まるで、彼女は贄のようではないか。司が魔女としてさらなる力を得るための贄。

生け贄の魔女とは、リリアのことではないだろうか。

「先生。俺は少し怖いです」

司はぽつりと言った。

「自分の中の魔力が大きくなっているのがわかります。でも、そのうち自分が人間以外のものになってしまいそうで怖い」

力に溺れ、誰かを進んで傷つけてしまいそうになったら。そうしたら司は、この世界に対してどう向き合えばいいのだろうか。そしてそんな司に、果たして居場所はあるのだろうか。

「心配いらないよ」

だが浅葱は確信に満ちた口調で言うのだ。

「そうならないように僕が導く。だがもしもそうなってしまったら」

彼の声が誘惑の響きを帯びる。

「そうなったら、一緒に死のう」

「――――……」

その強烈な意味を持つ語句に、司は言葉を奪われる。浅葱には切羽詰まった様子はなく、いつものように穏やかに微笑んでいる。本音が窺い知れない。

「それも魔女喰いの本能ですか」

「いいや。僕の意志だ」

彼は首を振った。

「もしも君が世界に害なす存在となってしまった場合、世界のシステムは君を排除しようと動くだろう。だが僕はそんなものに君をくれてやる気はない。それくらいなら、一緒に世界から逃げよう」

司がそれを聞いた時感じたのは、深い安堵だった。もしも自分が自分以外のいきものになってしまっても、浅葱がちゃんと始末をつけてくれる。

「……でも先生が死ぬのは嫌です」

「僕としても、なるべく長く君と一緒にいたい。だから努力するよ。……ところで、それは何かな？」

「えっ？　……あっ！」

司は手の中のものに視線を落としてはっと気がついた。向いていた林檎が、説明不能な姿になっている。

「うさぎを作るつもりだったんですけど……」

「もはやなんの動物なのか判別不能だな」

浅葱は司の手からそれを取り上げると、さっさと食べてしまった。

「うまい」

浅葱は司から残りの林檎とナイフを取り上げ、器用に剝き始めた。彼の手の中ですぐに赤い耳を備えた林檎が出来上がる。

「君も食べてごらん」

「んっ」

口の中に押し込まれ、咀嚼《そしゃく》すると、しゃりっ、とした瑞々《みずみず》しくて甘い感覚が広がる。

「罪の味とはよくいったものだ」

「禁断の木の実ですか？」

「そう。魔女はその教えから外れた者だがね」

彼は何がおかしいのかくすくす笑う。やがて抱き寄せられ、唇が重ねられた。舌を絡ませ合うと林檎の味がする。

「ドライブがお預けになってしまったね」

「退院したら行きましょう」

「ああ。司のことを朝まで思いっ切り抱きたいよ。君の中に何度も出して、奥まで貫いて」

「や、やめてください」

顔が熱くなって、司は思わず彼を押し戻してしまう。

「つれないな」

「そうじゃなくて」

司は顔の熱を散らすように首を振る。

「今、我慢出来なくなったら、まずいので……」

今度は浅葱のほうが少し驚いたような顔になった。

「今日、もうこれから退院しようか」

「駄目ですってば！」

ベッドから降りようとする浅葱を慌てて押し留めると両腕で抱きしめられる。

「好きだよ」

「……俺も、です」

病室の窓から夕陽が差し込んできた。

胸に残る少しの不安も、彼が一緒に抱えてくれるなら構わない、と思った。

夕陽と星の海で

車は山間の道路を縫うように走っている。天気は良く、両側を駆け抜ける緑と空の青が目に眩《まぶ》しかった。

「天気が良くてよかったですね」

「ああ」

ハンドルを握っているのは浅葱《あさぎ》だった。彼は退院した後、司《つかさ》との約束を果たそうとドライブに行こうと誘ってきたのだが、まだ本調子ではないからと一ヶ月待ってもらったのだ。もうなんともないのにと浅葱は不満そうだったが、こればかりは譲れない。そして結局司が強い態度に出れば、浅葱は大抵のことは従ってくれるのだった。

「疲れないですか？」

「いいやまったく」

浅葱は何食わぬ顔で運転している。今日はネイビーのストライプのシャツを着て、サングラスもかけている浅葱に司はどきどきと心臓を高鳴らせていた。

「俺も免許をとろうかな」

「いいと思うが、何故？」

「いつも先生だけに運転させているので悪いし」

「僕は全然構わないよ。こうしてハンドルを握っていると、君をどこかへ連れ去っていくようで気分がいい」

浅葱はまた冗談とも本気ともつかないようなことを言う。司は小さく笑ってシートに頭をくっつけた。カーブを曲がると海が見える。波が陽の光に反射してきらきらと眩しかった。

「すごい綺麗ですね」

「僕らのいる場所は闇の支配するところが多い。こうして明るい場所にいることも大事だ」

浅葱の言っていることは司にもなんとなくわかっている。司は魔女だ。そして浅葱はその力を自分のものとして司に還元してくれる魔女喰い。陽の光の属性にいる者だとは到底思えないだろう。

司はこの世界で、魔女として生きていこうとしている。思考が闇に傾いてしまうのは歓迎すべきことではない。

「夜も昼も美しいと思います」

「僕もそう思うよ」

浅葱と視線を合わせ、小さく笑い合った。

しばらく海岸線を走り、開けた場所にある洒落《しゃれ》たカフェレストランで昼食を取ることにする。車を降りた浅葱がサングラスを外した。その仕草にため息をつきそうになる。

「いらっしゃいませ」

出迎えた女性のスタッフが浅葱を見て一瞬先ほどの司と同じ表情になった。だが彼女はすぐに気を取り直してメニューを差し出す。どうやらここのお勧めはベーグルのサンドウィッチらしい。司はサーモンとオニオンとクリームチーズ、浅葱はベーコンとアボカドのベーグルサンドを頼む。プレートになっていて、色鮮やかなサラダとポテトがついていた。

「食後に甘いものが食べたいんだが、このパンケーキをシェアしないか」

「いいですよ」

そう言って浅葱はチョコレートソースとホイップクリームがたっぷりとかかったパンケーキを頼んだ。

「そう言えば、魔女として修業するようになってから、甘いものを食べることが多くなりました。前はそうでもなかったのに」

「力を使う時には脳を激しく使っている。それは当然のことだよ」

「先生も？」

「僕は子供の頃から甘党だったけれども、おそらく関係ないんじゃないかな」

浅葱はナイフを入れたパンケーキにクリームとチョコレートソースをたっぷりとつけ、口元をまったく汚さずに食べた。

「先生は昔からすごく勉強してたから、それで糖分を必要としてるんですかね」

「ただ単に甘ったるいものが好きなんだ。たとえば、君の蜜とか」

多少は慣れたつもりではいても、ふいうちでそんなことを言われると、飲んでいたアイスティーをむせそうになってしまう。

「……甘くないですよ、そんなもの」

「僕にはとても甘く感じるね」

そう言うと浅葱は舌先でフォークについたチョコレートをぺろりと舐《な》めてみせた。その仕草の卑猥《ひわい》さに行為の最中のことを思い出して、司は身体の中心が熱くなっていくのを感じる。

「外でそういうことするのは禁止です」

やっとのことで司がそう訴えると、浅葱は意味ありげな笑みを浮かべてみせた。

「わかったよ。司がそう言うのなら」

彼は司の言うことは大抵聞いてくれる。言うことを聞かないのはセックスの最中だけだ。けれどその行為も、司の快楽を第一に考えているのはさすがにわかる。浅葱は司が快楽に悶《もだ》えているのを見るのが何よりも好きなのだ。

食事を終えてまた車でしばらく走り、寺を見たり、土産物屋を冷やかしたりしていると、あっという間に時間が過ぎる。

(このまま時間が止まればいいのに)

そんな埒《らち》もないことを思ってしまう。今の彼は大学の准教授でもなく、組織の司祭でもない。今の浅葱は司の恋人としてここにいる。そんなふうに思っても図々しくないだろうか。

また車を走らせていると展望台が見えてきた。平日なせいか、他に車の影はない。

「ここからの夕陽は格別だよ」

車を降りると、眼下に海が広がっていた。ここからだとどこまでも海原が広がっているように見える。気持ちのよい風が吹いてきていて、司の髪をなびかせた。

「見てごらん。太陽が沈んでいく」

燃えるような橙色《だいだいいろ》が、その身を水平線に委ねていく。オレンジ色に染まった空は不吉なほど美しくて、燃えるようだった。

「夜が来る」

空の中に生まれた藍色が少しずつその姿を広げていく。昼と夜がせめぎ合うわずかな時間は震えるほど綺麗だった。司はどこか少しの寂しさを覚え、両腕で自分の身体をそっと抱く。

この広い空の下に、自分と同じ魔女はどれだけいるのだろうか。

自分の力に戸惑い、傷ついたりしているのだろうか。あるいはかつての同胞のように、誰かに傷つけられたりはしていないだろうか。

けれど司にはそれを知る術はない。

ふと、寂しい、と感じてしまった。今は幸せなはずなのに。

不意に肩に手が回され、司は浅葱のほうに抱き寄せられた。

「そんな顔をする必要はないよ。司には僕がいる」

「先生」

「この命が尽きるまで、いや、魂だけとなっても君の側にいよう」

「……はい」

もう陽はだいぶ傾いていた。オレンジ色が徐々に薄れ、濃い藍色が空を支配し始めている。気の早い星がもう瞬《またた》き始めていた。

「ずっと側にいてくださいね」

司は甘えるように彼に寄り添った。自分が彼の魔女だというのなら、彼は司の魔女喰いなのだろう。自分の一部を分け与える存在。

「少し冷えてきたね。車に戻ろう」

浅葱に促されるままに車に乗り、そのまま自然に唇を重ね合う。浅葱の熱い舌で口中を舐められ、舌を吸われると、頭の中がぼうっとなる。

「んん……」

気持ちがよくて目尻に涙が滲《にじ》んだ。数え切れないほど彼と口づけを交わしてきたためか、それはもう性戯の一部となってしまっている。上顎《うわあご》の裏を舌先でなぞられ、背筋がぞくぞくと震えた。

「あ……っ」

呼吸が苦しくなって一度口を離すと、シートががくん、と後ろに倒れる。運転席から浅葱が覆い被さってきて、司は車の中で不自由な体勢を強いられた。

「せ、先生……、誰か来たら……」

「もう夕陽は沈んだし、誰も来ないよ」

本当にそうだろうか。司は気が気ではない。けれど再び口づけられ、彼の手が服の上から身体を這《は》ってきた。

「んうっ」

びくん、と身体が跳ねる。浅葱の指先が、布の上から乳首を正確に捉えてきたからだ。カリカリと引っ掻くように刺激されると、くすぐったいような快感が突起から込み上げる。

「ふ、んああっ」

そこはたちまち固くなり、張りつめて尖った。浅葱は顔を伏せてもう片方も服の上から口に咥《くわ》える。歯で挟まれ、舌先で転がされると、司はもう我慢が出来なかった。

「あ、はあああっ、そ…こっ…」

車の中なのに。けれど身体中から力が抜け落ちてしまって、浅葱の身体を押し返すことも出来なかった。

「や、だ…だめ、です、下着、汚したらっ……」

このままイってしまったら、下着の中に放ってしまう。それは避けたくて、司は必死で浅葱に愛撫を止めてくれるように頼んだ。だが浅葱は、それなら汚さなければいいのだろうと、司のデニムの前を寛《くつろ》げ、それを外に引きずりだしてしまう。

「あああっ」

凄《すさ》まじい羞恥が全身を襲った。そうだ。そんなことを言えばこうなることは、わかりきっていたはずなのに。

「汚れないよう、全部舐めてあげよう」

「や、だめです、それ、だめ…っ、ぁ、あんんうっ！」

すでに潤んでいた先端をれろりと舐め上げられ、鋭い刺激が腰を突き上げる。浅葱は鋭敏な粘膜を口に含み、舌全体で擦《こす》るように苛《さいな》めてきた。

「く、あぁぁあ……っ、んっあんんっ」

車内に司のあられもない声が響く。シートの上でろくに身を捩《よじ》ることも出来ず、腰を抱えられて思う存分しゃぶられた。

「や、あ、せ…んせいっ、ん、は、あううんんっ……！」

「僕に君の甘い蜜を舐めさせてくれ」

また言っている。そんなところ、甘いはずがないのに。

けれど浅葱の舌はどうしようもなく気持ちがよくて、司は腰が痙攣《けいれん》するのを止められない。

「んふ、あっ、あ、は、あうううんんんっ……んっ！」

何度目かに吸い上げられ、司はとうとう浅葱の口の中に白蜜を弾けさせた。背中がシートから浮き上がり、ぶるぶると震える。

「ああ……ああっ、す、吸われて…っ、そんなに、吸ったらっ……あっ！」

浅葱は先ほど言った通り、司の蜜を一滴残らず吸い上げ、シートも下着も濡らさなかった。まだ息を乱している司のものを丁寧に後始末すると、大事そうに下着の中に仕舞う。

「続きはホテルに着いてからしようか。君に挿《い》れると、本気になってしまうからね」

「う……」

自分だけ乱れさせられてしまったことが恥ずかしく、司は彼の顔を見ることが出来なかった。

浅葱は何事もなかったかのように運転席に座り直し、エンジンをかける。

「駄目だって言ったのに……」

「だから挿れなかったろう」

「そういう問題じゃないです」

詰めるような司の声に、浅葱は満足そうに口の端を上げて言った。

「気持ちよくなかったかな?」

それを言われると司は弱い。彼の前では、どうしたって快楽には素直になってしまう。自分の本性は、淫蕩《いんとう》な魔女だから。

気持ちよかったです、と小さく言うと、彼が「今夜はもっと気持ちよくしてあげよう」などと言うものだから、司は広がり始めた星を見ながら気もそぞろになってしまった。

こんにちは。西野花です。「魔女の血族　淫蕩《いんとう》な贄《にえ》」を読んでいただきありがとうございました。皆様のおかげで三冊目です。このあとがきを書くにあたって前回のあとがきを読み返してみました。「来年は世の中が落ち着いているといい」みたいなことを書いているんですが、落ち着くどころかますますアレな感じになってきています。私はこういう時にエロ小説なんて書いていていいのかとは思わないのですが（私は私のできることをやるしかないし私にはこれしかできないので。あとエンタメ大事）みんなどうにか生きていこう、みたいな感じです。

笠井あゆみ先生、いつも美しく淫靡な挿画をありがとうございます。このシリーズが三冊も出たのは笠井先生のお力添えがあったからだと思っております。担当さんもいつもお世話になっておりありがとうございます。今後も見捨てずにいていただけると幸いです。

司はまたパワーアップしてしまいましたが、今後もお話が続くとしたら、新たな局面になる感じですかね！　どうかな！　続くかな！笑　神（読者様）のみぞ知るってことですかね！笑

それでは、またお会いできれば嬉しいです。

西野　花

【Twitter ID】hana_nishino（２０２２年5月現在）

初出一覧

魔女の血族 淫蕩な贄　／書き下ろし
夕陽と星の海で　／書き下ろし

ビーボーイスラッシュノベルズを
お買い上げいただきありがとうございます。
この本を読んでのご意見・ご感想をお待ちしております。

〒162-0825　東京都新宿区神楽坂6-46
ローベル神楽坂ビル4F
株式会社リブレ内　編集部

アンケート受付中
リブレ公式サイト　https://libre-inc.co.jp
TOPページの「アンケート」からお入りください。

SLASH
B-BOY NOVELS

魔女の血族 淫《いん》蕩《とう》な贄《にえ》

2022年5月24日　第1刷発行

■著　者　西野 花

■発行者　太田歳子
■発行所　株式会社リブレ

〒162-0825　東京都新宿区神楽坂6-46　ローベル神楽坂ビル
■営　業　電話／03-3235-7405　FAX／03-3235-0342
■編　集　電話／03-3235-0317

■印刷所　株式会社光邦

Printed in Japan
ISBN978-4-7997-5339-2